Sarah & Kai

Erotische Wanderung einer Liebe

von Eisenherz2015

Bibliografische Information der Deutschen
Nationalbibliothek: Die Deutsche Nationalbibliothek
verzeichnet diese Publikation in der Deutschen
Nationalbibliografie; detaillierte bibliografische Daten sind im
Internet über http://dnb.dnb.de abrufbar.

Herstellung und Verlag: BoD – Books on Demand,
Norderstedt
ISBN: 978-3-7460-2779-1

INHALT

1.) Vorwort

2.) Begierde auf den ersten Blick

3.) Die andere Frau

4.) Die 1. Session

5.) Der zweite Mann

6.) Ein Ausflug am Sonntag

7.) Urlaubsbekanntschaften (Teil I)

8.) Urlaubsbekanntschaften (Teil II)

9.) Urlaubsbekanntschaften (Teil III)

10.) Die zweite Session

Vorwort

Ich habe lange überlegt, ob ich dieses Buch veröffentlichen soll. Es gab einige, die mir Mut zugesprochen haben.

Hier möchte ich mich bei einigen Leuten mal dafür bedanken:

Da ist z.B. KD_Michaelis.

Sie ist selbst Autorin, fand meine erste Story in diesem Buch zu gut, das sie diese in ihrem Band

„So sexy ist der Norden – Band 4" veröffentlicht hat. Schnell kamen noch 3 weitere Geschichten für Band 5 hinzu.

Ohne ihren Zuspruch hätte ich es vielleicht gelassen.

Dann bedanke ich mich bei meiner Freundin Franzi, die sagte: Mach es doch einfach. Mehr als das es keiner Lesen will, geht doch nicht.

Dann noch Danke an Anja.

Sie hat alles Storys gelesen und konnte nicht genug bekommen und fragte immer, wann die nächste Geschichte erscheint

Und ein ganz besonderer Dank an meine Tochter Deborah, die ohnehin immer zu mir steht.

Auch ein Dank an alle Freunde, die mich hier Unterstüzt haben und noch wollen.

Heike, Micha und das tolle Team von EYEevents!

Auch euch gilt hier mein Dank!

Begierde auf den ersten Blick

Der Tag im Büro war anstrengend gewesen.
Sie musste sowieso schon eine Stunde länger
machen, weil der Brief an den Kunden unbedingt
heute noch raus musste.

Dabei waren ihre Gedanken ganz woanders,
denn sie hatte schon den ganzen Tag lang Lust
und verspürte dieses wohlbekannte Kribbeln.

Deshalb beschloss sie, heute Abend mal wieder
dem ‚Las Palmas‘ einen Besuch abzustatten.
Dorthin ging sie oft, wenn sie diese Lust auf Sex
verspürte und nicht wieder ihren kleinen,
batteriebetriebenen Freund benutzen wollte.

Meistens waren es einfache, normale Männer
gewesen, die sie dort für eine schnelle Nummer
kennengelernt hatte. Aber einen dominanten
Mann, der sie   sexuell beherrschte, den würde
sie dort nicht finden. Davon war sie fest über-
zeugt.

Fertig gestylt, in ihrem hautengen Kleid, steuerte sie selbstbewusst die Bar an.

Kalle hinter der Theke nickte ihr freundlich zu, als sie sich auf einen der Barhocker setzte.

"Hallo, Sarah. Warst ja lange nicht hier. Wie immer?"

"Ja, ich weiß. Viel zu tun in letzter Zeit.", sagte sie und zwinkerte ihm zu. "Bitte wie immer!"

Kurz darauf stand ein Glas Sekt vor ihr.

Sie schaute sich im Lokal um.
Ja, es gab schon den ein oder anderen interessanten Mann, aber leider fast immer in Begleitung.

Doch der Abend war ja noch jung. Ihre Lust - in Erwartung eines frivolen Abends - steigerte sich noch. Sie wollte endlich mal wieder einen Schwanz.
Einen richtigen, echten Schwanz, der auch abspritzte und ihre Brüste und ihr Gesicht einsaute. Einen, den sie blasen konnte - der sie so richtig nahm.

Gerne würde sie ihre devote Ader mal wieder hemmungslos ausleben. Aber noch wichtiger war ihr   heute Abend Sex mit einem echten Mann.

Während sie sich noch die Gäste so anschaute, ging die Tür auf.

‚WOW! Wer war denn er?', dachte sie sich.

Sie musterte ihn genauer: schlank, dunkle Haare und Augen, groß und allein. Schwarze Anzughose nebst schwarzem Jackett und ein weißes Hemd, dessen oberste drei Knöpfe lässig offenstanden.

‚Bitte, lass diesen Mann alleine hier sein', ging es ihr durch den Sinn, während er mit einem Lächeln an ihr vorbeiging.

Sie roch sein After Shave. Es passte zu ihm und erregte ihre Neugier nur noch weiter. Ihr Blick hing an ihm.

Er setzte sich zwei Plätze von ihr entfernt an die Bar, bestellte einen doppelten Whiskey ohne Eis, griff nach den Salzstangen und sah zu ihr herüber.

"Hi", sagte er und seine Stimme klang tief, geil und erregend.

"Ich habe dich hier noch nie gesehen. Bist du zum ersten Mal hier?"

„Nein", stieß sie eilig hervor. "Ich war schon öfter hier."

"Okay - ich komme seit acht Wochen fast jeden Abend her, aber dich hätte ich bemerkt."

‚Seit 8 Wochen? Mein Gott', dachte sich Sarah – ‚wie lange war ich denn nicht hier'?

"Nun, ich war lange nicht hier," erwiderte sie mit einem Lächeln.

"Schön, das du heute Abend hier bist. Ich bin Kai. Und wer bist du?"

"Sarah. Mein Name ist Sarah. Freut mich, dich kennenzulernen, Kai."

"Oh - die Freude ist ganz auf meiner Seite. Darf ich einen Platz aufrücken, damit wir uns besser unterhalten können? Oder möchtest du alleine sein?"

"Nein, ich würde mich gerne mit dir unterhalten."

Ein Lächeln huschte über beide Gesichter, während Kai sein Glas zu Sarah hinüberschob und sich direkt neben sie setzte.

Sie fingen an, sich über ihre Jobs und Hobbys zu unterhalten.

Seine Hände lagen zwischendurch auf ihren, streiften ganz unauffällig ihren Arm oder ihr Bein. Seine Berührungen gefielen ihr und sie hoffte inständig, dass mehr aus dieser Begegnung werden würde.

"Entschuldigst du mich einen Moment, Kai?", fragte sie, als sie aufstand.
"Ich möchte mich nur etwas frischmachen."

"Aber sicher", erwiderte Kai.

Sie ging Richtung Toiletten.

‚Gott, was ist mit mir los?', fragte sie sich, während sie im Damen-WC verschwand.

Sie schaute sich im Spiegel an.

Sah ihre langen schwarzen Haare, die ihr puppengleiches Gesicht umspielten und sich leicht um ihre Schultern legten.

Sie lächelte ihr Spiegelbild an und wusste auf einmal: ‚Ja, er ist es'.

Sie spürte ihre Geilheit im Schritt, wie feucht sie war und dass sie ihn wollte - unbedingt.
Ihre Nippel waren hart und sie wollte mehr.
Mehr von diesem Mann. Sie wollte ihn spüren!
Hart, tief und fest.

Nachdem sie ihr Make Up nachgezogen hatte, ging sie zur Tür und öffnete sie.

Kai stand direkt vor ihr und lächelte sie an.

Noch ehe sie etwas sagen oder reagieren konnte, packte er ihr Haar, zog ihren Kopf zurück und küsste sie heiß, innig und leidenschaftlich.

Sein Körper drängte sich gegen ihren und sie spürte seine Erregung an ihrem Becken.

Sie hatte keine Ahnung, wie lange sein Kuss gedauert haben mochte, aber sie hatte das Gefühl vor Erregung auszulaufen. Gott, war sie geil!

"Wir können zu dir, zu mir oder ins Hotel gehen. Aber egal wohin: Ich will dich!", sagte er.

Nachdem sie wieder etwas zu Atem gekommen war, antwortete sie:

"Und ich will dich. Heute Nacht, morgen Nacht. Und ich wohne gleich um die Ecke."

Sie gingen zur Bar, er legte ohne weitere Worte einen 50-Euro-Schein auf die Theke und sie verließen das ‚Las Palmas'. Er presste sie fest an sich heran.

"Welche Richtung?"

Sie nahm seine Hand und zog ihn fast hinter sich her.

"Es sind nur 2 Minuten zu mir", kam ihre Antwort.

Nach wenigen, schweigsamen Sekunden standen sie vor ihrer Tür.
Seine Hände glitten über ihren Po, während sie hektisch aufschloss.
Sie ging hinein und machte Licht - mit Kai im Schlepptau. Er schloss die Tür, drückte sie an die Wand und küsste sie leidenschaftlich, während seine Hand ihre Brust umschloss.
Dieses Mal erwiderte sie seine Küsse ebenso wild und voller Wollust.
Er streifte ihr das Kleid elegant von den Schultern und ließ es zu Boden fallen.
Seine Lippen umspielten ihre Brustwarzen, sanft biss er hinein und sie stöhnte erregt auf.
Seine Hand legte sich auf ihren feuchten Venushügel und er packe sie fest an ihrer Scham.

Sie griff in seinen Schritt, spürte seine harten Schwanz. Genau das, wonach sie sich den ganzen Tag gesehnt hatte.

Sie nahm seine Hand und führte ihn wortlos in ihr Schlafzimmer:

"Ich will dich – jetzt! Nimm mich, benutze mich, mache mit mir was du willst, aber fick mich!"

Er schmiss sie aufs Bett und während er sich seine Anzugs entledigte, schlüpfte Sarah elegant aus ihrem Slip.
Dem letzten Hindernis, das der Erfüllung ihrer Lust noch im Wege stand.
Nach wenigen Augenblicken lag er halb über ihr, küsste sie, streichelte ihre Brust, knetete sie.

Seine Hände wanderten zu ihrer feuchten Muschi. Ein fester Klaps. Sie stöhnte erregt auf.

Ihre Hand griff nach seinem Schwanz, umschloss ihn und fing an, ihn zu wichsen.

Seine Finger glitten in ihre Muschi und massierten ihren Kitzler. Sie stöhnte hörbar auf.

‚Gott, ich bin sooo geil, dachte sie sich‘, während er sie küsste und streichelte.

Er glitt an ihrem Körper hinab. Seine Zunge und seine Lippen verwöhnten jede Stelle, die auf dem Weg zum Paradies lag. Sarah genoss jeden

Augenblick, jede einzelne seiner Berührungen. Sie ist sein - heute Nacht ist sie sein.

Er fängt an, ihre Spalte sanft mit seiner Zunge zu liebkosen, berührt ihren Kitzler.

Sie meint, vor Lust auszulaufen.

Seine Zunge und seine Lippen werden fordernder und ihre Lust steigert sich von Sekunde zu Sekunde.

‚Fick mich endlich. Ja – jetzt. Fick mich endlich', dachte sie und stöhnte doch nur vor Geilheit.

Geschickt zog sich Kai bei seinem Liebesspiel das Kondom über, glitt an ihr hoch, legte ihre Beine auf seine Schultern und drang dann hart und fordernd in sie ein.

Sie stöhnte laut auf, nahm jeden seiner Stöße lustvoll in sich auf.

Kai drehte sie um und fickte sie stürmisch von hinten.

Hart stieß er zu. Sie wollte vor Lust schreien, biss sich aber auf die Lippen und genoss einfach diesen Akt. Er holte aus. Seine Hand landete hart und überraschend auf ihrer Pobacke, was sie nur noch lauter stöhnen ließ.

,Ja - endlich ein echter Mann', schoss es ihr durch den Kopf, während ein weiterer Treffer auf ihrem Arsch landete.

Kurz bevor er fertig war, zog er sich zurück, streifte sich sein Kondom ab und drehte sie auf den Rücken.

"Wohin?", fragte er nur.

"Wohin du willst", erwiderte Sarah.

Und noch während sie darüber nachdachte, ergoß er seinen Samen unter geilem Stöhnen auf ihre Brüste. Er packte ihren Kopf und küsste sie fest und voller Lust auf mehr.

Heute sind Sarah und Kai seit drei Jahren ein Paar. Sie haben viel zusammen erlebt und genießen ihre gemeinsame Zeit in vollen Zügen.

Die andere Frau

Ein Jahr waren Sarah und Kai nun zusammen.

Sie wohnen nun seit etwa 3 Monaten zusammen, ohne das Kai seine Wohnung aufgegeben hat, aber ist eigentlich immer bei ihr und hat kaum noch Kleidung in seiner Behausung.

Sie haben in dieser Zeit viel experimentiert, zusammen gefunden und Vertrauen zu einander aufgebaut.

Sarah hat in dieser Zeit herausgefunden, wie stark Devot sie eigentlich ist und Kai genoss beim Sex seine Dominanz. Er führte sie in den Anal-verkehr ein, was sie früher nicht mochte und fand es plötzlich sehr erregend.

Sie fand es toll, das sie mit Kai über alles reden konnte. Ob es nun Stress im Job war oder mit der Familie was anlag – oder eben auch über ihre sexuellen Wünsche und Fantasien.

An einem Abend, die beiden saßen gemütlich auf der Couch, kam es zu einer Situation, die Sarah bis dahin von Kai eigentlich nicht kannte.

Im Fernsehen lief ein erotischer Film, den sie sehr spannend und erregend fand, der ihn aber kaum interessierte. Er beschäftigte sich mehr mit seinem Handy und schaute nur auf, wenn das stöhnen im Film etwas lauter wurde.

„Das würde ich auch gerne mal machen", sagte Sarah.

„Was?"

„Na das da", erwiderte sie.

Kai schaute auf. Im Film kamen sich gerade 2 Frauen etwas näher, küssten und streichelten sich sanft. Die beiden Damen zogen sich dabei langsam aus und ließen sich auf einem Bett nieder um sich ihrer Lust hinzugeben.

„Nein", sagte Kai plötzlich. „Das möchte ich nicht. Ich will dich doch nicht mit einer anderen Frau teilen. Bei einem Mann wüsste ich, gegen was ich ankämpfe, wenn es ernst würde, aber bei einer Frau – Nein."

„Aber Schatz. Es geht doch nur um Lust und Sex."

„Nein, nicht mit mir."

Enttäuscht schaute Sarah den beiden Frauen im Film weiter zu und sagte nichts mehr.

Sie hatte mal gehört, das jeder Mann sich so was wünscht und jetzt das.

Der Abend verlief ruhig und ohne Sex zwischen den beiden. Sie war zu enttäuscht.

14 Tage nach diesem „Vorfall", Sarah hatte sich wieder beruhigt und die Gedanken an Sex mit einer Frau verdrängt, hatten die sie vor ins „Red Devil", einen Swingerclub im Nachbarort zu fahren. Dort sind sie einige Male gewesen und hatten dort immer schöne Stunden zusammen verbracht. Sie genossen die erotische Atmosphäre und schauten den anderen gerne

beim Liebesspiel zu, um dann irgendwann für sich alleine Sex zu haben und mochten es, wenn man ihnen dabei zu sah.

Mit anderen war bisher aber immer ein Tabu für beide gewesen.

Zu frisch schien ihnen ihre Beziehung.

„Ich bin fertig, mein Schatz.", sagte sie zu Kai.

Sie sah umwerfend aus. Das enganliegende Latexkleid mit Neckholder, der durch einen

Klettverschluß zugehalten wurde, ließ ihre Brüste größer erscheinen und betonte ihre Hüften und ihren geilen Po.

Er musterte sie kurz und fragte dann:

„Bist Du Slipless?"

„Nein. Ich habe ein schwarzen String an.", erwiderte Sarah.

„Zieh in aus.", befahl Kai energisch.

Sie guckte ihn an, tat aber wie er gewünscht hatte. In diesen Situationen bemerkte sie an seiner Stimme seine Dominanz.

„Wir müssen noch ein paar Minuten warten. Rebekka kommt gleich und bringt mir noch ein paar Unterlagen vorbei, die ich Montag brauche."

Im gleichen Moment klingelte es an der Tür.

„Das wird sie sein.", sagte Kai und ging zur Tür.

„Komm doch rein, Rebekka. Wir sind zwar auf dem Sprung, aber soviel Zeit muss sein."

Sarah kannte Rebekka von einer gemeinsamen Party. Sie war eine sehr attraktive Frau.

Lange, dunkelblonde lockige Haare blaue Augen, in denen man sich verlieren konnte.

Dazu eine Figur wie ein Model.

Sarah fand sie sehr schön und anziehend und wusste, das sie und Kai sich gut verstanden.

Sie hatte Kai mal erzählt, das sie sie sehr attraktiv finden würde.

„Hallo Sarah.", rief Rebekka ihr entgegen. „Wow, Du siehst aber geil aus. Wo wollte ihr den hin, in diesem Outfit? Kai in einem tollen Anzug und du in einem zu erregenden Kleid."

„Wir wollen ins Red Devil.", sagte Kai, noch ehe Sarah die Begrüßung erwidern konnte.

„Oh. Ich wollte ins „Dream Heaven".", sagte Rebakka und öffnete ihr langen Mantel.

Darunter kam ein geiler Lederrock und eine schwarze, durchsichtige Bluse zum Vorschein.

Sie trug keinen BH und ihre Brüste waren schön und fest. Ihre Nippel zeichneten sich durch den dünnen Stoff ab. Sie schienen groß und hart zu sein.

„Dein Outfit ist aber auch sehr geil. Ich wusste gar nicht, das du auch in Clubs gehst.", sagte Sarah, die fasziniert auf Rebekka schaute.

„So ab und zu brauche ich das. Als Singlefrau will man ja auch mal durchgevögelt werden. Nicht jede Frau hat so ein Glück wie du, Sarah, und so einen tollen Mann als Partner."

Dabei zwinkerte sie Sarah zu.

Rebekka ging auf Sarah zu und musterte ihr Kleid aus der Nähe.

„Mit Neckholder?", fragte Rebekka, die natürlich die Antwort schon wusste.

„Das Kleid betont deine tolle Figur.", fuhr sie fort und legte dabei ihre Hände auf Sarahs Brüste.

Sarah durchströmte sofort eine merkwürdige Erregung. Sie konnte dabei in Rebekkas wunderbare Augen schauen, während Rebekkas Hände die Brüste sanft umspielten und ihre Fingerspitzen über Sarah Nippel fuhren. Sarahs Nippel stellten sich sofort auf und verschämt guckte sie zu Kai herüber, der sich mit einem leichten Lächeln im Sessel niedergelassen hatte.

Plötzlich kamen Rebekkas Lippen denen von Sarah näher und sie küsste sie ganz sanft und zärtlich.

„Du bist eine sehr attraktive Frau.", sagte Rebekka. „Ich habe schon mal mit dem Gedanken gespielt, wie es wohl der Sex mit dir wäre."

Rebekka lächte Sarah an und küsste sie dann erneut.

Sarah merkte, wie ihre Spalte mit einem mal feucht wurde. Ihre Warzen waren nun hart und richteten sich steil auf.

Wieder guckte sie zu Kai.

„Spiel mit.", sagte er. „Das wolltest Du doch, oder? Club fällt heute aus."

Sarah lächelte erfreut. Dieser Mann überraschte sie doch immer wieder.
Vorsichtig gingen Sarahs Hände zu Rebekkas Brüsten und legten sich sanft auf sie.

„Du bist Bi?", fragte Sarah.

„Ja, hat Kai dir das nicht erzählt?"

„Nein. Davon wusste ich nichts. Er redet nicht viel über dich."

„Davon redet er umso mehr von dir, Süße."

„Was hat er denn erzählt?"

„Das du eine geile Fantasie im Kopf hast. Und die möchte ich gerne mit dir erleben. Ich hatte Kai mal gesagt, das ich dich total sexy und erotisch finde und dich gerne mal vernaschen würde, wenn du nicht seine Freundin wärst."

Jetzt packte Rebekka Sarahs Haare und zog ihren Kopf fest zu sich heran und küsste sie.

Dieses mal aber mit voller Lust und Leidenschaft.

Sarah hatte das Gefühl gleich auszulaufen vor Geilheit. Noch nie hatte sie eine Frau so innig geküsst.

Rebekkas Hände griffen zum Neckolder und öffneten den Klettverschluß.

Sie zog das Oberteil herunter und ihre Lippen suchten Sarahs Nippel.

Ihre Zunge umspielte sie, ehe sie die ganze Warze in den Mund nahm und kräftig dran saugte. Sarah stöhnte auf vor Geilheit.

Kai in seinem Sessel, die Beine übereinandergeschlagen, genoß die Situation sichtlich und lächelte zu den beiden Frauen herüber.

Sarah wurde jetzt auch mutiger, weil sie auch Kais wohlwollendes Lächeln sah.

Sie fing an, die Knöpfe an Rebekkas Bluse von oben nach unten langsam zu öffnen, während sich die Beiden wieder küssten.

Als die Bluse offen war, zog Rebekka sie aus und ließ sie zu Boden fallen.

Sarah machte sich sofort daran die nackte Brust zu streicheln, um sie anschließend mit Zunge und Mund zu verwöhnen.

Rebekkas Hand glitt nun unter Sarahs Rock und suchte ihre feuchte Spalte.

Langsam fing sie an mit dem Mittelfinger Sarahs Klitoris zu bespielen.

Sarah stöhnte laut auf, nahm Rebekkas Kopf zwischen die Hände und küsste sie voller Inbrunst.

Ihre Zungen spielten wild miteinander und Sarah griff nun ebenfalls unter Rebekkas Rock, um an ihre Muschi zu kommen. Sie war Nass und Heiß, blank rasiert und fühlte sich geil an.

Kai stand nun auf, ging zu den beiden sich wild küssenden Frauen, nahm von jeder eine Hand und sagte:

„Kommt mir ihr zwei. Wir suchen uns ein gemütlicheres Plätzchen."

Die beiden Frauen folgten ihm gehorsam die Treppe zum Schlafzimmer hinauf, wobei sie sich immer wieder tief und voller Lust in die Augen sahen.

Oben angekommen, ließ Kai die beiden los, zog sein Sakko aus, öffnete sein Hemd und setzte sich in den Cocktail-Sessel, der im Schlafzimmer stand, während die Frauen mit ihrem hemmungslosen Spiel weiter machten.

Sarah, nun mutiger geworden, öffnete den Reisverschluß hinten am Rock von Rebekka.

Diese nahm die Aufforderung an und zog Sarahs Kleid nun ganz aus.

Nackt standen sie sich gegenüber, küssten sich heftig.

„Leg dich hin, Süße.", sagte Rebekka.

Sarah krabbelte aufs Bett, legte sich auf den Rücken, während Rebekka hinter her kam, sich neben sie legte und wieder küsste. Dabei streichelte ihre Hand die triefend nasse Spalte und Sarah stöhnte wieder laut auf.

Rebekkas Zunge saugte fest an Sarahs Nippeln und ihre Hand massierte die feuchte Lustgrotte. Sarah streichelte währenddessen den knackigen Hintern und den wohlgeformten Rücken Rebekkas.

Die Lust der Beiden steigerte sich noch, als Rebekka zwei Finger in Sahras Muschi einführte und sie anfing, sie damit zu ficken.

„Jaaaaa, ohhhh, ist das geil!!!", schrie Sarah heraus. „Jaaaa, fick mich."

Sarah war mittlerweile so nass, das ihr Saft an den Oberschenkeln runterrann.

Sie stöhnte immer heftiger und ihr Körper bebte vor Geilheit, während Rebekkas Finger immer wilder in ihrer Muschi hin und her fuhren. Sie merkte, das sie es nicht mehr lange Aushalten würde und der Orgasmus bevorstand.

Dann küsste Rebekka sie mit voller Leidenschaft, während ihre Finger sie fickten.

In einer Explosion der Gefühle squirtete sie unter lauten Lustschreien.

Rebekka rief nur:

„Mein Gott, ist das geil mit dir. Ich will dich unbedingt jetzt schmecken und riechen."

Sarah hatte keine Chance zur Ruhe zu kommen. Rebekka hatte ihren Kopf bereits zwischen Sarah Schenkeln vergraben und ihre heiße

Zunge tanzte um Sarah Kitzler, fuhr durch ihre triefend nasse Möse und leckte sie in den nächsten Orgasmus.

Kai beobachtete das lustvolle Spiel der beiden und merkte, das auch seine Erregung stieg.

Sein Schwanz war steinhart und forderte seine Freiheit in der geschlossenen Hose.

Sarah konnte sich jetzt kurz erholen, während Rebekka sie diese mal wieder zärtlich küsste und ihre Brüste liebvoll streichelte.

Sie wollte sich aber revanchieren und fing an, sich an Rebekkas Körper herunter zu küssen.

Sanft und dann wieder etwas fester, knetete sie Rebekkas wunderschönen, festen Busen.

Ihre Lippen küssten ihren Bauchnabel, wanderten runter zu den Innenseiten ihrer Oberschenkelund landeten dann auf ihrem Fötzchen, das ebenfalls völlig nass war.

„Du riechst geil.", hauchte Sarah und fing an Rebekka zu lecken. „Boah, schmeckt das geil."

Für Sarah war es das erste Mal, das sie die Muschi einer anderen Frau schmeckte.

Bislang kannte sie nur den Geschmack ihres eigenen Liebessaftes.

Rebekka stöhnt laut auf, als Sarah anfing, mit ihrem Daumen den Kitzler zu massieren und mit ihrer Zunge immer wieder in ihre Fotze hineinfuhr.

Nun wollte auch Kai nicht mehr warten.

Er ging an das Sideboard, öffnete die oberste Lade und nahm den silbernen Analplug heraus, zog sich sein Hemd und die Hose samt Socken aus, schmierte etwas Gleitgel an den Plug und ging ans Bett.

Die Ladys hatten in ihrem Rausch von alldem nichts mitbekommen.

Kai nahm das Gleitgel, lies etwas auf Sarah After tropfen, die kurz zuckte und zurückschaute.

Sie lächelte kurz und leckte weiter. Kai rieb ihren Anus ordentlich ein und ließ unter Sarah aufstöhnen erst einen, dann zwei Finger in ihrer Rosette verschwinden.

Dann nahm er den Analplug und führte ihn unter Sarahs stöhnen sanft ein.

Nachdem der Plug versenkt war kniete er sich hinter Sarah und drückte seinen harten Schwanz in ihre immer noch triefend nasse Fotze. Sarah stöhnte erneut auf und schrie fast vor Geilheit, was Rebekka aber verhinderte, indem sie Sarahs Kopf fest zwischen ihre Schenkel drückte.

`Ein Wahnsinn`, dachte sich Sarah, die vorne eine geile Frauenmuschi leckte, einen Plug im Arsch und einen harten Schwanz in der Muschi hatte.

Kai fickte sie nun heftiger und merkte, das er bald abspritzen würde.

Unter lautem Stöhnen und heftigen Zuckungen spritzte er seinen Liebessaft in Sarah Muschi, die das mit einem ebenfalls heftigen Orgasmus quittierte.

Auch Rebekka konnte sich nicht mehr halten und schrie wild ihre Geilheit heraus.

Kai legt sich neben Rebekka und küsste sie, Sarah legte sich auf die andere Seite zu Rebekka und streichelte ihren Körper.

Alle waren erschöpft, aber glücklich und zufrieden mit ihrem tun.

Sarah beugte sich über Rebekka zu Kai herüber, küsste ihn und sagte nur noch:

„Danke, mein Schatz. Ich liebe dich."

Die 1. Session

Es war ein warmer Sommerabend.

Sarah und Kai waren am See zum schwimmen und hatten anschließend zu Hause den Grill angeworfen.

Nun wollten sie den Abend bei einem schönen Rotwein ausklingen lassen.

Sie unterhielten sich über alles mögliche. Über ihre Jobs, die gemeinsamen Freunde und Bekannten und auch über ihre gemeinsamen Erfahrungen in Sachen Sex.

Sarah hatte im Laufe ihrer Beziehung zu Kai festgestellt, das ihre devote Ader doch wohl ausgeprägter war, als sie angenommen hatte.

Bislang war ein kleiner Klaps auf dem Po oder den Kopf an den Haaren zurückziehen für sie das höchste der Gefühle gewesen.

Bei Kai aber stellte sie fest, das sie gerne weiter gehen würde.

Wenn er sei von hinten nahm und ihr kraftvoll auf den Hintern schlug, durchzuckte sie eine Lust, die sie bis dahin nicht kannte.

Auch an dem einen Abend, an dem Kai spielerisch mit seinem Ledergürtel erst zärtlich, dann kräftiger auf ihre Pobacken schlug, durchfuhr sie eine ungeahnte Geilheit nach mehr.

„Du, sag mal Schatz.", fing Sarah an. „Warst du schon mal in einem SM-Club?"

„Ja, war ich, aber ich habe dort nur zugesehen. Zum einen hatte ich keine Spielgefährtin und zum anderen bin ich mir auch nicht so sicher, ob ich das könnte."

„Was könntest... Schatz?"

„Na, eine Frau schlagen."

„Das machst du doch auch bei mir, wenn wir Ficken. Sogar schon mal mit dem Gürtel.", sagte Sarah mit einem verschmitzten Lächeln und spielte sich dabei in ihren braunen Locken.

„Sarah, das ist doch ganz was anderes. Das ist nur so beim Sex mal ein Klaps auf deinen süßen Arsch. Das mit dem Gürtel war doch nur etwas Spielerei.", antwortete Kai mit einem geradezu arrogantem Lächeln im Gesicht.

„Mir hat das schon gut gefallen, mein Liebling."

„Und jetzt willst du mehr?", fragte Kai erwartungsvoll.

„Ich sage es mal so: Ich möchte gerne mehr erfahren. Mir haben deine `Schläge´ gut gefallen und es kamen unerwartete Gefühle auf. Mich beschäftigt das jetzt schon eine ganze Weile und ich möchte für mich wissen, wie weit ich gehen würde.", erwiderte Sarah und malte bei Schläge mit den Fingern die Anführungszeichen in die Luft.

„Ohhh... Ich habe was bei dir erweckt?", grinste Kai fies. „Würde mich auch interessieren, wie weit ich gehen würde. Da sind schon gewisse Fantasien in meinem Kopf.", lächelte er.

„Sollen wir es mal probieren? Ich habe schon im JOY nach einem Club geguckt. Ich habe das `Sodom-X´ entdeckt. Ist ein reiner SM-Club und nur ne Stunde entfernt.", lächelte sie ihn an. „Donnerlottchen", sagte Kai etwas erstaunt. „Du bist ja schon ganz schön weit."

Sarah lächelte und nahm seine Hand, trank einen Schluck Wein und meinte dann:

„Ich würde mich freuen, wenn du mich beim Sex noch mehr dominierst und mit mir spielst. Stelle ich mir jedenfalls im Kopf so vor.", grinste Sarah ihn an.

„Ach, Kopfkino?", lächelte er zurück. „Und dann sagst du künftig ´mein Herr´, `mein Gebieter´ oder `mein Meister´ zu mir? Und ich muss sich dann `Schlampe´, `Hure´ oder `Miststück´ nennen?", grinste er fies.

„Mein lieber Schatz. Wir wollen ja mal mit deiner Anrede nicht gleich übertreiben, ja. OK, mein Herr würde ich mir noch gefallen lassen, aber Gebieter? Nöööö... Und ein Meister? Ich weiß es ja noch nicht.", grinste sie fies.

„OK. Dafür darf ich mir aber aussuchen, wie ich dich anspreche?", fragte Kai.

„Ja, sicher, mein Herr.", lachte sie und gab ihm über den Tisch hinweg einen Kuss.

Nachdem sich die Beiden soweit einig waren, wurde ein Termin gesucht und auch gleich der nächste Samstag festgelegt. Sie wollten beide nicht damit warten und waren Neugierig darauf, wie sich der jeweils Andere so „machen" würde als Dom oder Sub.

Die Woche schauten sich beide Videos zum Thema SM an, lasen Beiträge und Erfahrungsberichte dazu ohne zu ahnen, das der Partner genau das gleiche machte.

Kai war immer schon ein dominanter Typ, aber auch hier was für ihn Neuland, aber was er sah, gefiel ihm und er merkte, das die Fantasien in seinem Kopf durchaus umsetzbar waren und das sogar mit der Frau, die er liebte.

Die Anmeldung ins `Sodom-X´ ging am Freitag raus und wurde sofort freigeschaltet.

Sarah und Kai schauten sich die anderen Profile an.

Viele Paare mit Erfahrung schienen dabei zu sein, dazu noch einige Männer, wo viele „Dom" als Titel mit im Profilnamen führten. Bei den wenigen Frauen waren drei mit dem Zusatz „Sub" und sogar zwei Damen, die eher als Domina auftraten.

Als der Samstag kam und der Abend näher rückte, wurden beide doch sichtlich Nervös.

Wie würde der Abend werden? Gibt es eine neue Spielart für uns? Wird es ein Flop?

Was, wenn es nur einem von uns gefällt? Wie damit umgehen?

„Lass es uns einfach ausprobieren und nicht den Kopf über ungelegte Eier zerbrechen.", sagte Kai, der auch Sarahs Unsicherheit bemerkte.

„Ich denke, du hast recht, Schatz.", lächelte Sarah ihn an.

„Hey… Wie heißt das für dich, Schlampe?", raunzte Kai.

„Oh. Entschuldige, mein Herr.", lächelte sie zurück und beide mussten lachen.

18.00 Uhr wurde es Zeit sich fertig zu machen. Sie wollten gegen 19.00 Uhr losfahren.

Kai zog eine schwarze Stoffhose und ein schwarzes Oberhemd an. Dazu Lackschuhe.

Sie holte wieder ihr schwarze Latexkleid raus, das sie bereits beim „Date" mit Rebekka getragen hatte.

Sie war, wie von Kai gewünscht, Slipless und trug dazu Kniehohe Stiefel.

Etwas Lidschatten, ein wenig Rouge und ein leicht rosafarbener Lippenstift rundeten Sarahs Outfit ab.

„Du siehst toll aus.", sagt Kai, nahm sie in den arm und küsste sie zärtlich.

„Danke. Du auch, mein Herr.", und lächelte.

Auf der Fahrt zum Club unterhielten sie sich darüber, was man wohl vorfinden würde, ob die anderen Gäste sich wohl über diese beiden „Anfänger" lustig machen würden.

Sie verwarfen den Gedanken und waren sich einig darüber, das sie den Abend genießen für sich genießen und sich „austesten" wollten.

Kurz nach 20.00 Uhr trafen sie am `Sodom-X´ ein.

Es waren doch schon einige Autos auf dem Parkplatz. Er nahm ihre Tasche, in denen sie Wechselkleidung und ihre anderen Utensilien wie Schminke usw. hatten, nahm ihre Hand, küsste sie und sagte:

„Auf geht's, Schatz. Wenn du wieder weg willst, dann sag es mir und wir gehen sofort, OK?"

„Ja, ich weiß, aber lass uns jetzt erst mal reingehen und gucken, bevor wir Fluchtpläne schmieden."

Er lächelte sie an und führte sie zum Eingang. Vor der Tür war auf einer hellgrauen Pflasterung ein großes, rotes X eingelassen. Darüber stand `Sodom´.

`OK, wir sind hier wohl richtig´, dachte Kai und klingelte.

Der Summer der Tür war zu hören und beide traten ein.

Sie gingen direkt auf eine Theke zu, hinter der eine in schwarzem Leder gekleidete Frau saß und ihnen zulächelte.

„Hallo, ihr Beiden.", sagte sie. „Ihr seid Sarah_Kai_0911 wie ich vermute. Schön, das ihr hier seid. Ich bin Moni. Mir gehört der Club."

„Ja, das sind wir. Sofort erkannt? Respekt.", antwortete Kai.

„ Ich schaue mir immer die Profile meiner Gäste an. Ich möchte schon wissen, wie die Leute so `ticken´, die in einen SM-Club kommen.
Ihr seid Neulinge, wie ich festgestellt habe und hier genau richtig. Die meisten, die hier her kommen haben ihr eigenes `Werkzeug´, aber für die Neulinge haben wir eine Auswahl an `Spielzeug´ bereit liegen, mit dem ihr probieren könnt. Ihr dürft mich auch gerne fragen, wenn ihr Fragen habt. Auch die anderen Gäste sind in aller Regel sehr hilfsbereit. Ich kann euch z.B. `Dom-Manuel´ als Ansprechpartner empfehlen. Er ist Stammgast

und ein sehr guter Freund von mir. Er kann euch alles zeigen und erklären."

Ja, an das Profil von Dom_Manuel erinnerten sich Sarah und Kai sofort.

Er war laut Profil ein großer, muskulöser Mann von 1,90 Metern bei 98 Kilo und sehr attraktiv, wie Sarah fand.

„Euer Spind-Schlüssel.", sagte Moni und reichte Kai den Schlüssel.

Die beiden bedankten sich und gingen zu den Umkleiden, wie Moni ihnen beschrieben hatte.

Da sie ja schon fertig waren, ging der „Bezug" des Spindes recht schnell. Jacken an die Kleiderbügel, Tasche rein und ab ins Vergnügen.

Als Sarah und Kai wieder zum Empfang kamen, stand dort schon Dom_Manuel und lächelte zu ihnen herüber und ging dann auf sie zu.

„Hallo ihr zwei und herzlich Willkommen hier."

Er gab Kai die Hand und küßte Sarah zärtlich links und rechts auf die Wangen.

Sarah war von seiner Erscheinung stark beeindruckt.

Kai erschien ihr schon vom Auftreten recht Dominant, aber dieser Mann... WOW!!!

Dieser Gang, diese Stimme... Sie war sehr beeindruckt. Kein Mann für immer und mit Kai nicht zu vergleichen, aber sehr Imposant.

„Ich bin Holger, oder auch Dom_Manuel, wie mein Nick lautet. Moni hat mich gebeten, euch alles zu zeigen. Wenn ihr Fragen habt, dann raus damit. Folgt mir bitte."

Ohne weitere Worte oder Blicke ging Holger voran und Sarah und Kai folgten ihm stumm ohne weitere Fragen zu stellen. Sie waren von seiner Selbstsicherheit zu sehr beeindruckt.

Holger ging zunächst mit den beiden in den Speisesaal.

„Hier könnt ihr euch stärken. Das Buffet ist bis Mitternacht voll bestückt. Ab dann gibt es nur noch Fingerfood und das was noch da ist. Aber normalerweise kommt man damit gut über den Abend.", sagte er und lächelte Sarah und Kai freundlich an.

Nachdem er ihnen das Erdgeschoss soweit gezeigt hatte, wo es außer dem Speisesaal und eine Ruheraum nicht viel Spannendes zu sehen gab, gingen die drei die Treppe hinauf.

Rechts neben der Treppe war ein großes Regal mit vielen Fächern, in denen schon viele Taschen standen, aus denen teilweise die Sex-Toys herauslugten.

Auf einer Sitzecke saßen zwei Paare und unterhielten sich angeregt.

„Hier ist unsere Bar. Es gibt keine alkoholischen Getränke. Wir finden, das sich SM und Alkohol nicht unbedingt vertragen.", erzählte Holger.

Sarah und Kai nickten zustimmend.

Vor der Bar saß eine junge, attraktive Frau, die mit ihrer Leine an die Theke angebunden war.

Sie schaute nicht auf, als Holger sie grüßte und nickte nur zustimmend.

Der Raum war relativ Hell und es gab mehrere Ledergarnituren, auf denen sich einige Gäste niedergelassen hatten. Einige Damen und auch Herren knieten vor ihren Dom´s auf dem Boden. Teilweise angeleint oder mit Handfesseln versehen.

Sarah und Kai folgten Holger in das erste Spielzimmer.

Der Raum war sehr Dunkel gehalten und es standen jede Menge Spielgeräte herum.

An der Wand war ein Andreas-Kreuz angebracht, auf der bereits eine Frau mittleren Alters nackt gefesselt. Der Mann vor ihr brachte an verschiedenen Stellen Klammern an und bei jeder neuen Klammern stöhnte die Dame leicht auf.

In der Ecke im hinteren Bereich was ein Käfig und daneben ein großer Ledersessel.

Mitten im Raum stand ein Stahlgitter, das einem Spinnennetz nachempfunden war.

Es gab Liegen, Strafböcke und Stühle jeglicher Art. Vieles war Sarah und Kai völlig unbekannt, aber Holger erklärte ihnen einige der Möbel und welche Funktion sie hatten.

„Es gibt in jedem Raum Handtücher. Zudem steht auch in jedem Raum ein Schälchen mit Trauben-zucker, falls der Kreislauf mal nicht mehr mitma-chen will. Auch findet ihr hier Spielsachen wie Peitschen, Fesseln oder ähnliches, das wir gerade für Anfänger, die noch nicht soviel oder gar kein Spielzeug haben, hier zur Verfügung stellen. Wenn ihr ein Spielgerät oder das Spielzeug be-nutzt habt, dann findet ihr in der Nähe auch im-mer eine Ablage mit Desinfektionsmittel und Pa-piertücher. Es ist uns wichtig, das ihr die Geräte nach der Benutzung wieder für die nächsten

Gäste kurz reinigt, sobald ihr euch etwas erholt habt.", lächelte Holger die beiden an.

Im Hintergrund waren aus anderen Räumen Schläge zu hören, dem meistens ein Schrei oder Stöhnen folgte.

Sarah erregte ihr Kopfkino, weil sie sich vorstellte, was dort wohl gerade geschah.

Sie merkte, wie diese Erregung sie feucht machte und freute sich schon darauf, wohin Kai sie nach dem Rundgang und dem Essen führen würde.

Holger führte sie von Raum zu Raum, erklärte ihnen, was sie wissen wollten und sagte dann:

„ So, ihr Lieben. Das waren die Räume des Clubs. Jetzt müßt ihr für euch finden, was ihr ausprobieren möchtet. Ich bin immer irgendwo in der Nähe und ihr könnt mich gerne ansprechen, wenn ihr was wissen wollt. OK, vielleicht nicht, wenn ich gerade mit meiner Sub spiele." Er grinste. „ Aber alle anderen Gäste helfen in aller Regel auch gerne, wenn sich für euch Fragen stellen. Also keine Scheu."

Sarah und Kai bedankten sich bei Holger für die Führung und entschieden sich dafür, sich erst mal mit einem Getränk zu versorgen.

Sie bestellten sich einen alkoholfreien Cocktail und gingen dann wieder nach unten, um zu essen.

Als sich beide versorgt hatten und am Tisch saßen, fragte Kai:

„Und, mein Schatz? Wie gefällt dir der Laden?"

„Es ist Spannend und Aufregend.", erwiderte Sarah mit einem breiten Lächeln.

„Hier sind so viele unbekannte Dinge, die mich irgendwie antörnen."

„Hast du was gefunden, wo Du gerne hin möchtest?", wollte Kai wissen.

„ Du bist mein Herr und du entscheidest.", grinste Sarah ihn an.

„Also gut, Schlampe. Essen wir und gucken dann, wo ich dich zum bespielen hinführe."

Als Sarah und Kai mit dem Essen fertig waren, sagte er:

„Schlampe, steh auf und folge mir!"

Sie lächelte ihn an: „Ja, mein Herr. Ich folge dir."

Kai ging Richtung Treppe und Sarah huschte hinterher.

Wieder oben angekommen, musste Kai sich erst wieder etwas orientieren.

Wo war noch mal der Raum, der ihn so angesprochen hatte. Ah, ja….

Er ging weiter mit seiner Sub im Gefolge.

Als er den Raum, den er für ihre erste gemeinsame Session ausgesucht hatte, ging er hinein.

Ein anderes Paar war hier gerade fertig und küsste sich Intensiv.

Es war ein Raum mit vielen Holzbalken an Wänden und Decken.

An vielen Stellen waren Haken und Ketten angebracht. Am Ende des Raums standen zwei, etwa

1-2 Meter auseinander stehende Holzbalken, die von der Decke bis zum Boden reichten. Links und Rechts waren Ketten mit Handfesseln aus Leder angebracht.

Ebenso unten für die Füße.

Sarah stand lautlos hinter ihm. Kai drehte sich um:

„Zieh dich aus, Schlampe.", sagte er in einem ruhigen, aber bestimmenden Ton.

„Ja, Herr.", kam es sanft und demütig über ihre Lippen.

Sarah zog ihr Latexkleid aus und stand Nackt vor Kai.

Ihr Blick war zu Boden gesenkt, die Beine geschlossen und die Hände vor ihrem Schoß übereinandergelegt. Sie wartete wie selbstverständlich auf seine Befehle.

„Komm hier herüber und stell dich da hin.", sagte

er sanft und wies auf die Stelle zwischen den Balken.

Sarah tat, wie ihr befohlen wurde. Es schien fast, als hätte sie sich in den Videos und Berichten über SM doch einiges über das Verhalten einer Sub abgeguckt.

Man merkte aber beiden auch noch ihre Unsicherheit an.

Als sie sich zwischen den Balken postiert hatte, nahm Kai zunächst ihre rechte, dann ihre linke Hand und legte die Handfesseln an. Straff, aber nicht zu straff, um ihr nicht das Blut in den Händen abzuschnüren.

Dann wies er sie an: „Spreize deine Beine, Schlampe."

Sarah tat wie ihr geheißen wurde und stellte sich Breitbeinig zwischen die Sparren.

Kai kniete nieder und legte ihr die Fußfesseln an. Ebenso Straff wie vorher die Handfesseln.

Wie an ein Kreuz genagelt stand Sarah völlig entblößt in ihrer ganzen Schönheit vor ihm.

Ihr dunkelblondes Haar lag auf der einen Seite über ihrer Schulter und fiel auf ihre Brust.

Kai mochte diesen Anblick seiner Freundin. Nackt, Schön und Wehrlos. Was für ein schönes Bild Sarah doch jetzt abgab.

Kai war sich allerdings unsicher, wie er weiter verfahren sollte.

`Diese Frau soll ich jetzt mit Schlägen verwöhnen`, dachte er bei sich und hatte die unterdrückte Angst, er würde was Verbotenes tun, ihr ungewollte Schmerzen zufügen oder sogar was Kaputt machen.

Er zog krempelte die Ärmel hoch, stellte sich ganz nah vor Sarah hin, hob ihr Kinn und schaute ihr tief in die Augen. Er streichelte über ihre Wange und küsste sie zärtlich.

„Geht es dir gut? Ist alles OK für dich?", fragte er sanft.

„Ja, Herr. Ich warte auf deine Bestrafung."

Kai war drauf und dran, sie zu fragen, was sie denn getan habe, merkte dann aber, das sie schon längst mit ihm spielte und ihm seine Sub gab.

Er legte seine Hände auf ihre wunderbaren Brüste und streichelte sie. Dann fingen seine Finger an, an ihren Brustwarzen zu zwirbeln und er drückte etwas fester die Nippel zusammen.

Sarah stöhnte leicht auf. Wieder streichelte er die Brüste. Mit einem mal schlug er mit der rechten Hand feste gegen ihre linke Brust.

„Ahhh… ja…", entwich Sarah ein lustvolles Stöhnen.

Sie merkte, wie diese Spannung und dieser süße Schmerz ihre Lustgrotte feucht werden ließ.

Kais Hände kneteten jetzt ihre Brüste fest und hart und Sarah stöhnte leise vor sich hin.

Dann schlug seine linke Hand fest auf Sarahs rechte Brust.

„Uuuhhh, ja, Herr. Ich habe es verdient."

„Ja, das hast du wohl, Miststück."

Als Kai das sagte, griff er ihr fest zwischen ihre Schenkel auf ihre immer feuchter werdende Muschi. Er spürte, wie ihr das Saft geradezu hervorschoß.

Seine Hand schlug mit einem lauten Knall auf ihre Vagina und Sarah zuckte zurück, schrie Lustvoll auf und stöhnte.

Kai hatte Sarah noch nie so berührt, so hart und fest, aber ihr schien es sehr zu gefallen.

Er trat zu ihr heran, packte sie fest an ihrer Muschi und flüsterte ihr ins Ohr:

„Ich liebe dich, meine kleine Schlampe. Jetzt wirst du leiden und mich auf Knien anflehen, aufzuhören."

„Ich liebe dich auch, Herr, und wenn es so sein soll, dann soll es so sein, Herr. Mach mit mir, was du für richtig hälst."

Wieder schlug seine Hand auf ihre Brust, wieder stöhnte sie auf. Mit festem Schritt und immer sicherer werdend, ging er um Sarah herum, stellte sich hinter sie und holte aus.

Mit einem lauten Knall landete seine Hand auf ihrer Pobacke, die sofort an der Stelle rot wurde.

Sarah heulte laut auf un noch ehe sie verstummt war, spürte sie den Schlag auf der anderen Poseite. Wieder schrie sie vor Geilheit auf. Er wiederholte das noch vier mal und Sarah hatte das Gefühl, ihr Hintern würde glühen.

Dann trat Kai dicht von hinten an sie heran, packte ihre Haare, zog den Kopf zurück und legte seine linke Hand fest knetend auf ihre Brust.

„Ist es das, was du willst, du Miststück?", hauchte er ihr ins Ohr.

„Ja, Herr, das habe ich so verdient.", seuftze Sarah, die vor Lust und Geilheit nicht wusste, wo sie sich lassen sollte.

Kai ging wieder um sie herum, trat vor dicht vor sie und schob Zeige und Mittelfinger tief in ihre triefendnasse Muschi.

Sarah stöhnte laut auf, während er sie mit schnellen Bewegungen mit den Fingern fickte.

Ihr stöhnen wurde lauter, ihre Geilheit immer heftiger, bis sie unter einem Aufschrei der Lust-squirtete. Es lief in wilden Stößen immer wieder aus ihr heraus.

Kai gefiel es, sie so in den Wahnsinn zu treiben und ließ ganz langsam mit seinen Bewegungen-nach. Sarah atmete schwer. So einen Orgasmus hatte sie noch nie erlebt.

Erst jetzt bemerkte Kai die Zuschauer um sich herum. Zwei Paare hatten sich im Ledersofa niedergelassen, schauten den Beiden gebannt zu und auch Holger stand da, mit verschränkten Armen und lächelte zu ihnen herüber.

Kai war jetzt Mutig geworden. Er merkte, das Sarah noch nicht genug hatte. Er sah es in ihren-Augen und an ihrem lächeln.

Nun wollte er wissen, was man mit den netten Spielsachen alles so machen konnte.

Er sah eine etwa einen halben Meter lange Gerte. Jetzt wollte er es aber wissen.

Er ging mit der Gerte zu Sarah.

„Die wirst du jetzt zu spüren bekommen, Schlampe."

Sarah durchlief eine leichter Schauer. Kais Gürtel hatte sie ja schon mal zu spüren bekommen, aber sowas – Nein...

Kai stand vor ihr und holte etwas aus.

Die kleine Ledermappe vorne an der Gerte klatschte laut auf Sarahs Busen.

„Ahhhh.", kam es aus ihr hervor.

`Gott, ist das ein geiles Gefühl.´, dachte sie für sich und schon schlug das Leder auf der anderen Brust ein.

Wieder ein kleiner Aufschrei.

Dann landete das Lederstück auf ihrem Kitzler.

Wieder: „Ahhhhh ja….".

Er ging um sie herum.

„Du wirst jetzt jeden Schlag laut mitzählen, so das es alle hören können. Hast du mich verstanden, Schlampe?", befahl Kai.

„Ja, Herr, ich habe verstanden."

Die Gerte knallte laut auf ihren Arsch.

„Oooohhhh. Eins!", schrie sie hervor.

Wieder ein Knall.

„Ahhhh, Gott… Zwei!"

„Uuuuuhhhh, Drei!"

Wieder ein Knall.

Sarah stöhnte wieder laut auf.

„Ich höre dich nicht, Schlampe".

„Verzeihung, Herr. Vier!"

Als sie die 10 gerufen hat, hörte Kai auf und legte die Gerte beiseite.

Wieder ging er um sie herum, trat vor sie und packte sie zwischen den Beinen.

Sie war total Nass und sowas von Geil.

Wieder schob er seine Finger in ihre Muschi und fickte sie damit wie wild.

Wieder spritzte Sarah nach einigen Sekunden und lautem Aufstöhnen ab.

Erschöpft hing sie in den Handfesseln und lächelte Kai zufrieden an.

Er ging auf sie zu, nahm ihr Gesicht in beide Hände und küsste die Leidenschaftlich.

„Ich liebe dich und das müßen wir unbedingt noch mal machen.", lächelte er sie an.

„Ja, Herr, unbedingt. Aber jetzt mach mich los, bitte, Herr. Ich brauche eine Pause."

Kai nahm ihr die Fesseln ab und während Sarah sich wieder in ihr Latexkleid zwängte, machte er die Geräte und den Boden sauber.

Holger trat an ihn heran und meinte:

„OK, mein Freund. Wo hast du heimlich geübt? Das war echt Spitze für dein erstes Mal als ihr Herr. Meinen Respekt. Aus dir kann noch was werden."

Er lachte, drehte sich um und ging aus dem Raum.

Kai nahm mit stolzgeschwellter Brust Sarah in den Arm, küsste sie sanft und meinte:

„So, Subbi. Jetzt gehen wir was trinken und wenn du dann Lust hast, machen wir noch eine 2. Session."

„Ja, mein Liebling. Das machen wir und zu Hause können wir noch etwas üben."

Der zweite Mann

Es regnete wie aus Eimern an diesem Sommertag.

Sarah war mit dem Bus in die Stadt gefahren und hatte Regen eigentlich nicht eingeplant, als sie zum Shoppen wollte.

Als sie aus dem Kaufhaus kam, fing es an zu tröpfeln, welches merklich stärker wurde.

Sie flüchtete sich also schnell in die Bar zwei Häuser weiter und bestellte sich einen Kaffee.

Dann rief sie Kai an und bat ihn, sie doch bitte abzuholen.

„Ich habe noch einen Termin, Schatz. Kann also noch ein bis zwei Stunden dauern. Hälst du es so lange ohne mich aus?"

Sie konnte sein arrogantes Lächeln durchs Telefon hören.

„Gaaaanz schlecht, Liebster, aber ich werde es versuchen.", säuselte sie zurück.

Während sie also wartete schaute sie sich die Leute im Lokal an und die Menschen, die draußen vorbei huschten, um dem Regen zu entfliehen.

Das Lokal wurde sehr schnell voll, da auch wohl andere ihrer Idee gefolgt waren.

Sie war ganz in Gedanken, als sie plötzlich jemand ansprach:

„Entschuldigung, ist der Platz hier noch frei?", lächelte sie ein großer, dunkelhaariger Mann an.

„Sicher. Bitte.", entgegnete sie mit einem Lächeln.

„Super. Vielen Dank.", entgegnete der Fremde.

„Scheint ja heute doch noch ein schöner Tag werden." Er lächelte Sarah an.

„Bei dem Regen scheint das heute nichts mehr zu werden.", entgegnete Sarah.

„Oh nein. Ich meine nicht das Wetter. Ich meinte viel mehr, das ich mir den kleinen Tisch hier mit einer so netten und attraktiven Frau teilen kann."

Sarah blickte peinlich berührt zu Boden und bedankte sich freundlich für das Kompliment.

„Thomas, ich heiße Thomas.", sagte der Unbekannte und reichte ihr die Hand.

„Ich bin Sarah. Freut mich dich kennen zu lernen, Thomas."

„Kommst du hier aus der Stadt.", fragte Thomas.

Sarah antwortete ihm und so kamen beide ganz unverfänglich ins Gespräch.

Plötzlich hörte Sarah eine wohlbekannte Stimme hinter sich.

„So so. Kaum lasse ich dich alleine in die City, schon flirtest du mit anderen Männern."

Kai gab ihr einen Kuss, den sie liebend gern erwiderte.

„Verzeihung, ich wußte nicht, das...", gab Thomas leise von sich.

„Nein, nein. Alles gut, bleib sitzen. Ich hole mir einen Stuhl dazu. Ich bin Kai, Sarah´s Lebensge- fährte.", sagte Kai und reichte Thomas die Hand.

„Hallo Kai. Ich bin Thomas und habe Sarah eben erst kennen gelernt.", meinte Thomas und man bekam das Gefühl, als wolle er sich Entschuldi- gen, das er überhaupt da war und sich mit ihr Unterhalten hatte.

Die Drei unterhielten sich eine Weile und Thomas wurde jetzt auch wieder so locker, wie zuvor, als er mit Sarah alleine war.

Der Regen ließ immer noch nicht nach.

„Wo hast du geparkt, Schatz?", fragte Sarah Kai.

„In der Tiefgarage. War die einzige Möglichkeit, trocken hier anzukommen."

„Wie kommst du nach Hause?", fragte Sarah in Richtung Thomas.

„Ich warte einfach, bis der Regen aufgehört hat und gehe dann zum Bahnhof.", antwortete Thomas mit einem freundlichen Lächeln.

„Wohnst Du weit weg?", wollte Kai wissen.

„Nein, aber ich fahre lieber mit dem Zug, als hier stundenlang auf Parkplatzsuche zu gehen."

„Wenn du willst, Thomas, dann komm doch noch auf einen Kaffee mit zu uns!? Ich kann dich ja später weg bringen, wenn es nicht so weit ist.", sagte Kai mit einem netten Lächeln auf den Lippen.

„Ich möchte euch keine Umstände machen.", meinte Thomas. „ Wird bestimmt bald aufhören."

„Erstens: Wenn ich mir die Wolkendecke so anschaue, wohl nicht und zweitens hat der Radiomann auch was anderes verkündet.", grinste Kai.

„Und wenn alle Stricke reißen und zu Hause niemand auf dich wartet, wie du vorhin erzählt hat, kannst du auch gerne unser Gästezimmer nutzen."

„Echt, ich möchte euch keine Umstände machen."

„Machst du nicht, Thomas, sonst hätte ich dir das nicht angeboten."

„Sehr freundlich von euch, aber ihr kennt mich doch gar nicht."

„Ohhh, du uns auch nicht, oder?", und alle drei lachten.

„Also komm schon. Wir beißen nicht.", sagte Kai und stand auf.

Sarah tat es Kai gleich und mit einem verlegenen Lächeln stand dann auch Thomas auf.

„Also gut. Dann nehme ich die Einladung gerne an.", freute sich Thomas und folgte den beiden Richtung Tiefgarage.

Nach etwa 20 Minuten hatten sie die Wohnung von Sarah erreicht, wo Kai eigentlich schon wohnte, aber offiziell immer noch in seiner Wohnung gemeldet war.

Er parkte vor dem Haus und alle drei rannten so schnell sie konnte zur Haustür, um dem Regen zu entgehen.

Kai nahm Sarah die Tüten ab und brachte sie ins Schlafzimmer, während Sarah Thomas ins Wohnzimmer bat.

„Was kann ich dir anbieten?", fragte sie Thomas mit einem freundlichen Lächeln.

„Ich weiß nicht. Was ist den zur Auswahl?", fragte er zurück.

„Kaffee, Tee, Mineralwasser, Cola oder Bier? Oder auch ein Glas Wein?"

„Was trinkt ihr denn?"

„Kaffee, bitte!", rief Kai aus dem Flur bevor er im Wohnzimmer ankam.

Sarah lachte.

„Dachte ich mir.", sagte sie und schaute zu ihm herüber.

„Gut, dann nehme ich auch Kaffee.", meinte Thomas.

Sarah nickte und ging in die Küche.

„Ich hole mal Tassen.", meinte Kai und folgte Sarah.

Sarah stand schon an der Kaffeemaschine und machte sie Startklar, als Kai sie von hinten umarmte und ihr ins Ohr flüsterte:

„Na? Wie gefällt er dir?"

„Wer?"

„Na, Thomas. Wer denn sonst?"

„Er ist Nett und sieht recht gut aus. Bist du Eifersüchtig?", sah Sarah ihn über die Schulter hinweg fragend an.

„Nein. Nicht sie Spur, mein Schatz.", lachte Kai. „Aber hättest du Lust auf ihn?"

„Wie? Lust auf ihn? Du meinst auf Sex mit ihm?", fragte Sarah erstaunt.

„ Mit uns, meine ich."

„Ein MMF?", lächelte Sarah.

„Ja, genau das meine ich. Ich finde ihn sehr sympathisch und könnte mir das sehr gut vorstellen - du, ich und er.", grinste Kai.

„Und du denkst, das er das auch will?", fragte sie erstaunt.

„Wenn du Lust hast, können wir es versuchen. Mehr als Nein sagen kann er ja wohl nicht."

„Doch, kann er! Z.B. fluchtartig die Wohnung der Perversen verlassen.", lachte Sarah Kai an.

„Also? Willst DU?", fragte er sie erneut.

„OK. Lust auf ihn bzw. euch hätte ich schon.", grinste sie zurück.

Kai schnappte sich Tassen aus dem Küchen-
schrank, nahm Löffel und Milch und ging zurück
ins Wohnzimmer.

„Setzt dich doch, Thomas.", sagte Kai und wies
ihm den Platz auf der Couch.

„Ist doch kein Stehcafé hier.", grinste er ihn an.

Thomas setzte sich auf die Couch, so wie ihm angeboten wurde, während Kai die Tassen verteilte.
Eine in die Mitte für Thomas, eine links und eine
rechts von ihm.

Er ging zurück in die Küche, holte noch Zucker
und Süßstoff, um dann wieder ins Wohnzimmer
zu gehen und sich links neben Thomas nieder zu
lassen.

„Was machst Du beruflich?", fragte Kai, um die
Wartezeit auf Sarah zu verkürzen.

„Ich bin Banker.", erwiderte Thomas.

„Oh ein Finanzgenie in unserem Hause.", lachte Kai.

In diesem Moment kam Sarah mit dem Kaffee herein und stellte ihn auf den Tisch, um sich sogleich vor die letzte freie Tasse rechts neben Thomas zu setzten.

Die drei führten etwas Smalltalk über Hobbys, Sport und Politik.

Nach einer Weile driftete das Thema ab in Richtung Sex.

Kai erzählte wie sich Sarah und er sich kennengelernt hatten und kam beiläufig auf das Erlebnis mit Rebekka zu sprechen.

Thomas hörte gebannt zu und guckte beide immer wieder mal abwechselnd an.

„Das war ein toller Abend? Nicht wahr, Schatz?", sagte Kai an Thomas vorbei in Richtung Sarah.

„Ja, er war wirklich Megageil.", antwortete sie und lächelte Thomas dabei an, der etwas errötet zu sein schien.

Kai beugte sich nun etwas in Richtung Sarah und Thomas vor und Sarah tat auf der anderen Seite das gleiche, so das sie sich ihre Lippen vor Thomas´ Gesicht berührten und anfingen sich mit etwas Leidenschaft zu küssen.

Dabei berührten Sarah´s feste Brüste Thomas Arm. Sie legte eine Hand hinter ihn auf die Sofalehne und wie zufällig die andere Hand auf seinen Oberschenkel.

Ihre linke Hand berührte Thomas Nacken wie zufällig, verweilte einen Moment, bis ihr Daumen anfing, ihn dort sanft zu streicheln.

„Ähhhmmm… Sollen wir vielleicht die Plätze tauschen?", fragte Thomas leicht verwirrt ohne einen der beiden anzusehen. „Ich denke, ich sitze euch im Weg!?", was mehr wie eine Frage als eine Feststellung klang.

„Nein, ganz und gar nicht.", lächelte Sarah, immer noch dicht vor Kais Lippen.

Thomas merkte die Erregung in seiner Hose, die durch die Situation der Küsse vor seinem Gesicht, aber vor allem durch Sarahs Berührungen entstanden.

„Da wo du jetzt sitzt, bist du genau richtig!", flüsterte Sarah im ins Ohr und gab ihm einen zärtlichen Kuss auf die Wange.

Kai lächelte ihn freundlich dabei an.

Sarahs Hand wanderte nun von Thomas Oberschenkel sanft und zärtlich streichelnd zu seinem Schritt, bis sie an der Stelle angekommen war, wo Thomas Erregung am ehesten zu spüren war.

Sarah spürte seinen harten Schwanz in der Hose, lächelte ihn an, er verlegen zurück.

Dann kam sie näher und küsste ihn sanft auf den Mund.

Dann noch mal und er erwiderte den Kuss, indem seine Zunge den Weg in ihren Mund suchte.

Es folgte ein Leidenschaftlicher Kuss der beiden, wobei Sarah anfing, seine Männlichkeit heftiger zu massieren, was er mit einem leichten aufstöhnen quittierte.

Kai fing während dessen an, Sarahs Brüste zu streicheln.

Sarah packte Thomas nun mit der ganzen Hand zärtlich im Nacken und zog seinen Kopf zu sich heran, um ihn besser küssen zu können.

Dann wand sich ihr Gesicht Kai zu und küsste ihn ebenso Leidenschaftlich und wand sich dann wieder Thomas zu.

Sarahs Hand fing an, den Gürtel an Thomas Hose zu öffnen, was ihr auch recht schnell gelang. Dann wand sie sich seinem Knopf und dem Reissverschluß zu und öffnete beides, während sie ihn weiter Innig küsste.

Kai schob unterdessen ihren Pulli hoch und legte ihren BH frei.

Sarah ließ kurz von Thomas ab, um Kai die Möglichkeit zu geben, ihr den Pulli über den Kopf auszuziehen. Dann wand sie sich wieder Thomas zu und ihre Hand glitt in seine Hose.

`WOW´, dachte sie, als sie seinen erregten Penis fest in ihre Hand nahm.

„Der fühlt sich aber echt gut an.", lächelte sie zuerst Thomas und dann Kai an.

Thomas lächelte zurück. „Danke", sagte er, während Kai frech grinste.

Er stand auf, ging um den Tisch herum, um sich neben Sarah auf die Armlehne zu setzen.

Sarah holte nun Thomas Schwanz aus der Hose, während Kai ihren BH auszog.

Sarah ruschte ein Stück zurück, beugte sich dann vor und fing an Thomas erregten Penis mit ihrer Zunge an der Eichel zu umspielen.

Thomas stöhnte leicht auf und Kai fing an, Sarahs Hose zu öffnen.

Als er sie geöffnet hatte, zog er sie langsam runter, wobei Sarah ihm half so gut sie konnte ohne dabei Thomas bestes Stück nicht weiter zu verwöhnen.

Als Kai Sarahs Hose ausgezogen hatte, fing er an, sie durch den Slip mit den Fingern zu massieren, was sie mit einem Aufstöhnen als angenehm quittierte.

Kai merkte, wie feucht Sarah bereits war und fing an, ihr das überflüssige Stück Stoff auszuziehen.

Sarah nahm nun Thomas Schwanz tief in den Mund und saugte fest an ihm, was dieser wiederrum mit einem Stöhnen honorierte. Dabei vergrub sich seine linke Hand fest in ihren braunen Haaren und die rechte Hand knetete ihre Brüste.

Sarah war nun völlig Nackt und ihre rasierte Muschi total feucht, bereit für mehr.

Kai stand auf, holte ein paar Kondome aus einer Tasche, legte sie vor Thomas auf den Tisch und zog sich aus.

Sarah ließ von Thomas ab um ihm das T-Shirt auszuziehen. Er selbst fing an sich seiner Hose, Schuhe und Socken zu entledigen.

Als alle drei nun völlig entkleidet waren, nahm Sarah ein Kondom, um es Thomas mit den Lippen geschickt über seinen großen und erregierten Schwanz zu stülpen.

Dann schwang sie sich in Reiterstellung auf ihn und führte den Penis unter lautem aufstöhnen in ihre Muschi ein.

Kai stellte sich mit einem Bein auf den Boden um sich mit dem anderen auf dem Sofa abzustützen, so das Sarah ihn Blasen konnte.

Sie ritt wie wild auf Thomas Schwanz, der heftig stöhnte und keuchte.

Auch Kai stöhnte bei dem Blowjob, den ihm Sarah verpasste, mehrmals auf.

Mit einem mal schwang sie sich von Thomas herunter um ihn auf den Rücken zu legen.

Wieder setzte sie sich auf ihn, um seinen Schwanz wieder tief in sich aufzunehmen.

Sie drehte sich mit dem Kopf zu Kai und sagte:

„Mach es, Schatz. Ich will es – JETZT!!!"

Kai verstand nahm etwas Gleitmittel unter dem Tisch hervor, ließ einen Klecks auf ihrer Rosette nieder und rieb seinen Riemen großzügig damit ein.

Dann trat er hinter Sarah, die immer noch Thomas Schwanz ritt und drang sanft, aber bestimmend in ihren Po ein. Sarah stöhnte laut auf und verzog das Gesicht dabei.

„Ahhhh… Das ist so geil. Mein erster Sandwich!!!", entfuhr es ihr.

Beide Männer suchten nun den Rhythmus, um Sarah so zu ficken, das es ihr gut tat.

Mal knetete einer die Brüste dann der andere.

Kai verpasste ihr zwischendurch immer wieder heftige Schläge mit der Hand auf ihre Arschbacken, die Sarah mit geilem Aufschrei honorierte.

Die beiden Männer fickten sie nun rhythmisch nahezu perfekt, so das die Lust aus ihr so herausfloss.

Dann ließ Kai zuerst von ihr ab und stellte sich hin und wichste seinen Schwanz weiter.

Sarah ließ von Thomas ab, gab ihm einen Kuss und setzte sich auf die Couch.

Thomas verstand, erhebte sich ebenfalls und stellte sich neben Kai ebenfalls wichsend vor Sarah hin.

Diese nahm nun einen Schwanz in jede Hand und wichste sie.

Dabei blies sie Abwechselnd mal den einen, dann den anderen Lustschwengel.

Beide Herren versuchten nun ihre Muschi unterdessen mit der Hand zu massieren.

Sie merkte, wie beide Männer nun langsam dem Orgasmus näher kamen und versuchte dabei sie so zu melken, das keiner eher fertig war als der Andere.

Zuerst stöhnte Kai auf, ganz kurz danach Thomas und beide verteilten und heftigem Stöhnen und

Zucken ihr Sperma auf Sarah´s Brust und in ihrem Gesicht.

Sie blies nun beide Abwechselnd weiter, um auch das letzte Tröpfchen aus ihren Eiern zu holen, was beide weiter mit Stöhnen quittierten.

Dann lies sie von beiden ab, leckte sich das Sperma um ihren mit der Zunge ab und verteilte den Liebessaft auf ihren Brüsten.

Erschöpft ließen Kai und Thomas neben sie auf das Sofa fallen und fingen an, sie zu streicheln und ihre Muschi mit den Fingern zu bespielen.

Sarah streichelte beiden dabei über den Kopf.

Thomas rückte mit einem Mal vom Sofa, um mit seinem Kopf zwischen Sarah Schenkeln zu verschwinden und fing an, ihre Muschi mit der Zunge zu druchfahren und an ihrem Kitzler zu spielen.

Sie stöhnte laut auf, der Saft lief ohne Unterlass aus ihrer Möse.

Kai küsste sie dabei voller Lust und Leidenschaft und knetete fest ihre Brüste und Warzen.

Dann wurde ihr Stöhnen lauter und heftiger, ihr Becken bebte und zuckte vor und zurück, so das Thomas Schwierigkeiten hatte, ihren Bewegungen mit dem Mund zu folgen.

Dann schrie Sarah auf:

„JA… Oh Gott, wie Geil… JA, leck mich weiter, JA, leck weiter. Es ist so GEEEEIIIILLLL!"

Der Saft spritzte nur so aus ihr heraus und Kai guckte faziniert zu, wie Thomas trotz des Squirtings nicht aufhörte, Sarah Muschi zu lecken.

Ein Stoß nach dem anderen durchzog Sarahs Körper.

Ein scheinbar nicht enden wollender Orgasmus durchströmte sie, bis sie nicht mehr konnte und Thomas Kopf zurück stieß.

Thomas schwang sich wieder auf die Couch neben Sarah, die seinen, von ihrem Saft, nassen Mund heftig küsste.

Dann wand sie sich Kai zu und küsste auch ihn voller Lust.

„Danke, Schatz, für dieses geile Erlebniss.", und küsste ihn erneut.

Dann wand sie sich Thomas zu:

„Auch dir danke ich. Es war so geil von dir geleckt zu werden. Hammer!"

„Nein", sagte Thomas. „Ich habe dir zu danken für diese geile Nummer."

„Ey, hört ihr beide jetzt mal mit dem Bedanken auf? Die Nacht ist noch jung und wir sollte nach oben gehen und wenn wir wieder etwas Luft bekommen, geht's in die nächste Runde."

Die drei lachten und lagen sich in den Armen, um wieder zu Kräften zu kommen, bevor Sarah „ihre beiden Männer" an die Hand nahm und nach oben in das Schlafzimmer führte, wo sie sich noch einige Stunde zusammen amüsierten, bevoralle drei vor Erschöpfung mit einer glücklichen und zufriedenen Sarah in der Mitte einschliefen.

Ein Ausflug am Sonntag

Es war ein schöner, sonniger und warmer Sommertag.

Sarah und Kai waren früh aufgestanden, um den Tag zu genießen.

Sie deckten den Tisch auf dem großen Balkon und frühstückten in aller Ruhe und überlegten, wie sie den Tag verbringen wollten.

Zur Auswahl stand der Badesee mit seinem FKK-Bereich, das Stadtfest mit Shopping oder ein kleiner Ausflug mit Mittags essen gehen.

„Worauf hättest Du denn am meisten Lust?", fragte Sarah.

„Ich finde, das es noch zu kalt für den See ist. Wäre dann eher was für den Nachmittag, aber dann hätten wir auch noch ne Stunde im Bett bleiben können.

Tja, und Stadtfest wird sehr voll sein. Kriegt man wieder keinen Parkplatz und zwängt sich durch die Läden.", erwiderte Kai auf ihre Frage.

„Dann ein Ausflug mit Spazieren gehen?", warf Sarah ein.

„Würde mir eher zusagen.", nickte Kai Sarah zu. „Nach dem Clubbesuch von Freitag wäre etwas Ruhe ganz schön."

„Ohhh… Armer alter Mann.", lachte Sarah.

„Vorsicht Mäuschen, sonst hast du gleich wieder blaue Flecken auf deinem süßen Arsch.", grinste Kai sie an.

Nachdem also geklärt war, wie der Tag gestaltet werden soll, räumten sie den Tisch ab, tranken noch einen Kaffee und machten sich dann Start-klar.

Nach einer halben Stunde im Auto hatten sie das Naherholungsgebiet erreicht, in dem sie den Tag verbringen wollten.

Sie parkten vor dem Restaurant, das inmitten des Waldes lag und dessen Biergarten für später zum verweilen und zu einem gemeinsamen Essen einlud.

Kai nahm den Rucksack aus dem Auto, den er mit Getränken und kleinen Snacks bepackt hatte.

Von hieraus konnte man in alle möglichen Richtungen losgehen und einfach den Wanderpfaden folgen, die einen immer wieder zum Ausgangspunkt zurückbrachten.

Sarah und Kai entschieden sich für einen etwa 10 Kilometer langen Weg, der für normale Spaziergänger gekennzeichnet war und somit keine Bergwege aufwies.

Unterwegs unterhielten sich die beiden wieder über alle möglichen Themen, die ihnen gerade in den Sinn kamen.

Auch der Clubbesuch von Freitag war ein Thema, das beide schon wieder etwas Geil machte, wenn sie darüber nachdachten und davon sprachen.

Es war auf dem Wanderweg nicht viel los. Ihnen kam lediglich eine Familie mit zwei Kindern entgegen, die tobender Weise vor ihren Eltern herliefen.

Als Sarah und Kai auf einer kleinen Lichtung eine Bank fanden, machten sie eine Pause.

Sie hatten bereits die Hälfte der Strecke geschafft und wollten was trinken.

Kai holte aus dem Rucksack zwei kleine Flaschen Mineralwasser und ein paar Kekse hervor, die er öffnete und zwischen Sarah und sich auf der Bank plazierte.

Sie tranken, aßen ein paar Kekse, unterhielten sich weiter und lachten viel.

Auch der Club war wieder Thema und machte sie wieder Geil.

„Ich hätte jetzt total Lust auf dich.", sagte Kai.

Sarah sah ihn erstaunt an.

„Hier? Jetzt? Auf der Bank?", fragte sie erstaunt. „Was ist, wenn jemand kommt und dachte sofort an die Familie, die ihnen entgegen gekommen war.

„Nein, nicht hier auf der Bank, aber vielleicht da drüben. Da sieht uns keiner.", sagte er und gab ihr einen heißen Kuss, wobei er ihre rechte Brust umfasste.

„Lust hätte ich auch.", grinste Sarah. „Lass uns rüber gehen zwischen die Bäume."

Sie nahm Kais Hand der noch gerade eben den Rucksack erwischte und ihr folgte.

Während sie sich durch das Unterholz kämpften, schaute Kai immer wieder auf

Sarahs geilen Hintern und bekam noch mehr Lust auf sie.

Als sie weit genug gegangen waren und der Wanderweg nicht mehr zu sehen war, drehte Sarah sich zu Kai um und lehnte sich an eine große Eiche.

Kai ließ den Rucksack zu Boden fallen und küsste Sarah Innig und Leidenschaftlich.

Sie umschlung ihn mit ihren Armen und erwiderte die Küsse.

Seine Hände fanden den Weg zu ihren Brüsten und fingen an, die Knospen, die sich durch ihr enganliegendes Baumwolloberteil vor Erregung abzeichneten, mit den Fingern zu zwirbeln und zu streicheln.

Sarah nahm ihre Hände nach vorne und suchte den Weg zu Kais Hose, während sie ihn weiter geil küsste. Sie öffnete den Gürtel und den Reisverschluß, dann suchte ihre rechte Hand den Weg in seine Hose.

Als sie fand, was sie suchte, holte sie Kais erregten und steil aufragenden Penis aus der Hose und ging in die Knie.

Sie wichste seinen harten Schwanz zwei, dreimal um ihn dann tief in ihren Mund zu nehmen. Sie saugte intensiv an seiner Eichel und er stöhnte laut dabei auf.

Ihre Zunge leckte an seinem Schaft herunter zu seinen Eiern.

Sie nahm erst den einen, dann den anderen Hoden in den Mund und saugte fest, während sie weiter seinen Schwanz wichste.

Wieder stöhnte Kai laut vor Geilheit auf.

Wieder nahm sie seinen Penis bis zum Anschlag in den Mund und er drückte sie noch fester an sich.

Dann hörte Sarah auf und erhob sich um ihn erneut Lustvoll zu küssen.

Kai nahm sie fest in den Arm und erwiderte ihre Lust und Leidenschaft.

Er packte sie an den Schultern und drehte sie um.

Sarah stützte sich mit den Händen an der alten Eiche ab.

Er zog ihren Slip mit einem Ruck runter und schob ihr den kurzen Stoffrock hoch.

Kai drang mit einem heftigen Stoß in ihre enge Muschi ein, was Sarah voller Lust aufstöhnenließ. Mit festen Stößen und ihre Titten knetend fickte er sie hart von hinten.

Kurz bevor er kam, zog er seinen zuckenden Penis aus ihr heraus.

„Dreh dich um, Miststück.", sagte Kai mit seiner dominanten Stimme.

Sarah drehte sich um, um dann sofort vor ihm wieder in die Hocke zu gehen.

Sie streichelte dabei ihre Muschi heftig und wartete auf das, was jetzt passieren wird.

Mit einem lauten Aufstöhnen spritzte Kai ihr in den geöffneten Mund und Sarah genoss jeden seiner Ausstösse von Sperma.

Als er fertig war nahm sie seinen immer noch steifen Penis in den Mund, um auch den letzten Tropfen seines Liebesaftes zu bekommen.

Dann stand sie wieder auf und zog sich ihr Höschen wieder an.

Auch Kai zog die Hose wieder hoch und während er seinen Gürtel wieder schloß, küsste er Sarah intensiv.

Kai schnappte sich den Rucksack und die beiden gingen wieder zurück zum Wanderweg und „ihrer" Bank. Dort tranken sie noch etwas Wasser und erholten sich von ihrem kleinen Outdoor Nümmerchen.

Nachdem sie sich wieder etwas erholt hatten, gingen sie den Weg weiter, um nach einer Stunde wieder am Restaurant einzutreffen.

Sie suchten sich einen etwas abgelegen Tisch im Biergarten unter einem großen Baum.

„Ich muss erst mal dringend aufs Klo.", meinte Sarah. „Bestellst du mir bitte ne Cola Light?"

„Schatz, warte. Ich habe hier noch etwas für dich.", sagte Kai grinsend. „Nimm das mit, aber öffne es erst auf der Toilette. Das ist mehr eine Order als eine Bitte, mein Schatz."

Sie sah an seinem Blick, das er jetzt wieder in die Rolle ihres Dom schlüpfte und erwiderte:

„Ja, mein Herr, wie du willst.", antwortete sie und ging lächelnd Richtung Gasthaus.

Auf dem WC angekommen, ging Sarah in eine der Kabinen um sich endlich Erleichterung ihrer drückenden Blase zu verschaffen. Während sie dort saß, öffnete sie das kleine Päckchen, welches Kai ihr gegeben hatte.

„Du kleiner, perverser…", sagte sie zu sich selbst und lächelte.

Sei nahm den beiliegenden Zettel und lass:

`Hallo, du kleines Miststück. :-)

Da du im Wald ja vermutlich noch nicht gekommen bist, holen wir das jetzt nach.

Ich wünsche, das du kleine Schlampe deinen Slip ausziehst und diesen hier trägst.

Was du mit dem kleinen Schmetterling zu tun hast, kannst du dir ja denken.

Ich sitze hier mit dem Handy in der Hand und sehe, wenn du ihn einschaltest.

Du wirst zurück an den Tisch kommen, mir deinen Slip als Beweis deines Gehorsams bringen und dann direkt wieder ins Lokal gehen. Dort suchst du uns ein leckeres Stück Kuchen aus und bestellst uns Kaffee.

Sei vorsichtig. Über mein Handy kann ich den Vibrator steuern und er kann seeeehr Intensiv sein. Also reiße dich zusammen, Miststück.´

Sarah lächelte vor sich hin, als sie zu Ende gelesen hatte.

Dieser Schuft hatte alles bis ins Kleinste geplant.

Den Sex im Wald, wo nur er gekommen war und nicht sie und natürlich, das sie irgendwann aufs Klo muss.

Jetzt tat sie, wie ihr befohlen war.

Sie zog den Slip aus, schaltete den kleinen Freund an.

Dann schlüpfte sie in den Slip-Vibrator und schob den kleinen Dildo in ihre Muschi.

Allein der Gedanke an diese Spiel machte sie schon Rattenscharf.

Sie stellte sich sein fieses Grinsen vor, als er auf sein Handy schaute und sah, das der Vibrator aktiviert war.

`Was heute alles so geht.´, dachte sie sich lächelnd.

Sie ging zum Spiegel, wusch sich die Hände und lächelte sich selber an.

Dann ging sie wieder zum Tisch.

Kai saß dort entspannt zurückgelegt und grinsend sein Handy in der Hand.

Sie lächelte ihn an und legte, trotz der Leute, ihren Slip provokant vor ihn auf den Tisch, hob kurz ihren Rock, damit er sehen konnte, das der kleine Freund auch dort untergebracht war, wo er hingehörte, drehte sich um und verschwand wieder im Lokal.

Kai wartete noch und schaute sich währenddessen die Leute um ihn er herum an.

Er nahm Sarahs Slip vom Tisch und steckte ihn in den Rucksack.

`Jetzt sollte sie eigentlich am Kuchenbuffet sein.´, dachte er sich und betätigte das Handy.

Sarah stand im Lokal vor den Kuchen als sie auf mal ein intensiver Schauer durchzog.

Kai hatte den Vibrator aktiviert, nur ganz leicht, aber es durchzog sofort ihre Vagina mit einem wohligen Schauer.

„Was darf ich ihnen geben?", fragte die reife Dame hinter dem Tresen.

„Ich hätte gerne...", wollte Sarah gerade erwidern, als ein dieses Mal sehr heftiger Stoß ihr durch die Muschi schoß.

Sie biss sich auf die Unterlippe, um nicht laut im Lokal aufzustöhnen.

„Ja?", fragte die Bedienung.

Der Vibrator wurde wieder ruhig.

„Entschuldigung.", sagte Sarah. „Ich hätte gerne ein Stück Erdbeerkuchen und ein Stück von dem

„Apfel..."

Wieder durchzog sie ein starkes vibrieren.

„Ahhh...", kam es diesmal au ihr hervor.

„Ist alles in Ordnung? Brauchen sie Hilfe?", fragte die Dame hinter der Theke.

Sarah wurde patschnass im Schritt.

„Nein, nein. Alles in Ordnung.", lächelte sie.

`Du kleiner Sadist´, dachte sie bei sich und überlegte, wie sie wohl Kaffee und Kuchen ohne Verlust an den Tisch bringen konnte, wenn er da draußen gerade dann den Vibrator aktivierte, während sie mit den Sachen durch den Raum lief.

„...und ein Stück Apfelkuchen. Dazu bitte zwei Kännchen Kaffee, bitte."

Während die Bedienung den Kuchen auf die Teller packte und den Kaffee in die Kännchen füllte, durchzog Sarah wieder ein zucken in ihrer Muschi.

„Ohhh, Gott.", entfuhr es ihr. Dieses mal war die Vibration noch stärker.

Die Bedienung schaute Sarah an, als wäre diese nicht klar im Kopf, was sie in gewisser Weise nun ja auch nicht war.

Die Vibration nahm diese mal auch kein Ende und sie merkte, wie ihr der Saft aus der

Muschi schoß und langsam anfing an ihren Beinen herunter zu laufen.

`Du Arsch.´, schoß es ihr durch den Kopf, um dann aber wieder zu Lächeln.

„Sitzen sie draußen?", fragte die Bedienung.

„Jaaaaa...", stotterte Sarah. „Tisch, ohhhh, 14.", und biss sich auf die Unterlippe.

„Geht es ihnen wirklich gut?", fragte die Dame noch mal.

Die Vibration ebbte ab.

„Ja, wirklich.", nickte sie der Dame zu, nahm das Tablett mit Kaffee und Kuchen und ging Richtung Tür zum Biergarten.

`Jetzt aber schnell´, dachte sich Sarah. `Bevor der Drecksack das Ding wieder anstellt.´

Sie lief so schnell es ihr möglich war Richtung Tür und entdeckte Kai grinsend auf seinem Stuhl. Er hob die Hand mit dem Handy und winkte ihr damit zu.

Sarah versuchte einen bösen Gesichtsausdruck zu machen, was ihr aber wohl nicht wirklich gelang.

Kurz bevor sie den Tisch erreichte, durchzog sie erneut ein zucken in ihrer Muschi.

Sie blieb einen Moment stehen und stellte das Tablett auf deinem Tisch ab.

Das junge Paar, das am Tisch daneben saß, schaute sie besorgt an.

„Ist alles gut?", fragte die junge attraktive Frau.

„Ohhh… jaaa…", stöhnte Sarah auf, die merkte wie ihr ihr Saft an den Beinen entlang rann.

„Es ist gleich vorbei, hoffe ich.", und warf Kai ein Lächeln zu.

Die junge Dame drehte sich in die Richtung, in die Sarah blickte, sah Kai der mit dem Handy wieder freundlich winkte.

„Ohhh… Ich glaube, ich verstehe.", lächelte die junge Frau.

Ihr Freund sah sie mit einem großen Fragezeichen auf der Stirn an.

„Erkläre ich dir gleich.", grinste die junge Frau ihren Freund an.

Sarah lächelte: „Kannst du ihn hören?"

„Neeeiiin, aber ich sehe das Resultat an deinen Oberschenkeln.", antwortete sie.

Das Fragezeichen im Gesicht des jungen Mannes wurde größer.

„Soll ich das für dich mal rüber bringen?", fragte die junge Frau Sarah.

„Ja, bitte.", erwiderte Sarah. „Das wäre total lieb von dir."

Die junge Frau stand auf, nahm das Tablett und ging damit zu Kai an den Tisch.

„Geil das Teil.", grinste sie ihn an. „Viel Spaß euch noch."

Kai bedankte sich und sie ging zurück.

Sarah bedankte sich bei der jungen Dame für ihre Hilfe und ging zu Kai an den Tisch.

„Sie hat es gemerkt?", fragte Kai.

„Ja, hat sie.", lächelte Sarah ihn an. „ Du kleiner Drecksack."

Kai grinste sie fies an.

„Und wie ist es?", wollte er wissen.

„Einfach geil.", antwortete sie ihm.

Während sie dort saßen und ihren Kuchen aßen, fing der junge Mann hinten am Tisch an zu lachen und schaute dann zu Kai und Sarah herüber.

„Jetzt hat er´s.", grinste Kai ihn an.

Sarah lächelte.

Kai schaltete das Gerät noch ein paar Mal an, während sie den Kuchen aßen.

Mit zusammengebissenen Lippen reagierte Sarah darauf um nicht den Biergarten zusammen zu schreien vor Geilheit.

Kai winkte die Bedienung heran, bezahlte die Rechnung und ging mit Sarah zum Auto.

Sie waren gerade losgefahren, als Kai den Vibrator auf volle Leistung stellte.

Sarah stöhnte laut auf und nahm seine Hand. Endlich konnte sie sich fallen lassen und die Vibrationen vollends genießen.

Sie durchzog ein wohliger Schauer des Orgasmus und hielt Kais Hand dabei ganz fest.

„Du machst das aber wieder sauber.", grinste Kai, als Sarah wieder zur Ruhe gekommen war und ihn glücklich anlächelte.

„Ja, mein Schatz. Das mache ich."

Sie beugte sich vor, gab ihm einen langen, leidenschaftlichen Kuss und sagte:

„Ich liebe dich, du kleines Scheusal."

P.S.: An dieser Stelle möchte ich mich mal bei Skater64 (ihm) bedanken, das ich seine „Fantasie" in diese Sarah + Kai-Geschichte einbauen durfte.

Urlaubsbekanntschaften

(Teil I)

Es war Ende Januar.

Draußen waren Minus-Grade und es lag Schnee.

Sarah und Kai saßen beim Abendessen, als Sarah zu Kai meinte:

„Sag mal Schatz. Wollen wir eigentlich im Sommer irgendwo hin?"

„Überlegt habe ich das letztens auch schon. Wäre eigentlich schön, mal hier raus zu kommen und nicht die schönen Tage immer nur am FKK-See zu verbringen."

„Und wo würdest du gerne hin?", fragte Sarah freudig.

„Türkei!", antwortete Kai spontan. „Super Wetter, tolle Hotels und günstig."

„Sollen wir zu Susanne ins Reisebüro gehen? Die hat doch bestimmt Tipps für uns?", meinte Sarah.

Susanne kannten die beiden aus einem Club und hatten sich auch schon mal Privat getroffen. Sie war eine schlanke Blondine mit üppigen Brüsten und sehr groß.

„Gute Idee, Schatz. Sie wird was für uns finden – was auch immer."

Am nächsten Abend gingen Sarah und Kai also ins Reisebüro.

Susanne lächelte als sie die beiden sah. Der Laden war sonst leer.

„Hallo ihr zwei. Das ist ja mal ne Überraschung!", rief sie Sarah und Kai zu.

„Hallo Susanne.", sagte Sarah und die beiden küssten sich links und rechts auf die Wangen,

Kai gab ihr die Hand und küsste sie ebenfalls links und rechts.

„Setzt euch. Wollt ihr was trinken? Vielleicht nen Kaffee?", fragte Susanne.

„Ja, ein Kaffee wäre schon schön. Wir kommen quasi direkt von der Arbeit.", sagte Kai und Sarah nickte zustimmend.

Susanne holte 2 Tassen aus dem Schrank, ging nach hinten, um den Kaffee zu holen und goss beiden ein.

„Was führt euch her? Wollte ihr mich nur sehen? Das würde mich freuen,", lachte Susanne.

Kai lachte. „Das auch, Süße, aber wir wollen im Sommer weg. Du hast doch bestimmt was für uns auf dem Schirm, oder?"

„Was wollt ihr denn? Und wo wollt ihr gerne hin?", fragte Susanne und sah die Beiden an.

„Wir dachten an Türkei.", sagte Sarah. „Erwachsenen-Hotel. Vielleicht mit nem bisschen Spaßfaktor!?", grinste sie.

„Ok. Ich verstehe.", lächelte Susanne.

Sie drehte sich leicht nach rechts zu ihrem Laptop, tippte einige Sachen ein, stand auf und ging zum Regal und kam mit einem Türkei-Prospekt wieder an den Tisch.

„Das könnte was für euch sein. Besitzer ist ein Türke, der in Deutschland geboren wurde und mehr als 30 Jahre hier gelebt hat. Er war selbst mal in der Swinger-Szene unterwegs und wollte dann ein „besonderes Hotel" aufbauen und das ist im scheinbar gut gelungen, wenn ich mir die bisherigen Buchungen so anschaue."

Susanne schlug den Prospekt auf und legte ihn vor Kai und Sarah hin und machte mit dem Kuli ein Kreuz bei dem Hotel.

Sarah und Kai lasen den Text durch. Erwachsenen-Hotel und das übliche blabla.

„OK. Woher weißt du, das es was mit Swingern zu tun hat?", fragte Sarah.

„Zum einen war ich schon mal da,", grinste Susanne. „Zum anderen weil wir uns auch interne Vermerke machen. Würde sich eine Familie zum Beispiel für das Hotel interessieren, würden wir mit irgendwelchen Begründungen davon abraten."

„OK. Gibt´s da noch mehr Infos?", wollte Kai wissen.

„Kommt rum.", sagte Susanne und wies mit der Hand einen Halbkreis, der zeigen sollte, das Sarah und Kai um den Schreibtisch kommen sollten.

„Schaut hier.", sagte sie. „Das ist ein Vermerk, den unsere Reisebüro-Kette überall sehen kann.

Und hier noch ein paar Bilder von der Anlage. Der Hotelier in der Türkei darf ja nicht öffentlich mit „Swingerhotel" werben. Sonst machen die ihm den Laden womöglich dicht, aber bei uns in der Branche wissen die Leute schon Bescheid.", grinste Susanne.

„5 Sterne, All-Inclusive, Strandnähe und Top-Bewertungen.", fuhr sie fort.

„Und kostet uns für 10 Tage?", fragte Kai.

„Zusammen 2.500,-€.", sagte Susanne.

Kai lächelte bei der Summe.

„Ist zwar etwas mehr als erwartet, aber ist OK denke ich. Was meinst Du, Schatz?".

Kai schaute Sarah an.

„Sind 500 mehr als geplant, aber ich denke auch, das es OK ist. Das Hotel macht ja auf den Bildern einen tollen Eindruck und 98% Positive Bewertungen sind auch nicht zu verachten.", meinte Sarah.

Nachdem sich die beiden einig waren, füllte Susanne die Reisebuchung aus und somit wurde jetzt der Urlaub von Sarah und Kai im Juni fest eingeplant.

Die Monate vergingen wie im Flug.

Ab und zu ein Date oder ein Clubbesuch lagen von der Buchung bis zum Urlaub auf ihrem Weg.

Immer wieder wurde die Seite des Hotels aufgerufen, dessen Bilder zum Träumen einluden.

Dann war er da, der große Tag. Beide hatten vor 3 Tagen ihren Urlaub angetreten und letzte Vorbereitungen getroffen. Letzte Einkäufe wurden erledigt, Wäsche, die unbedingt mit musste, gewaschen und im Koffer verstaut.

Rebekka, Kais Arbeitskollegin und gemeinsame Freundin, hatte sich bereit erklärt, die beiden zum Flughafen zu bringen und dort nach 10 Tagen wieder abzuholen.

Am Flughafen angekommen, war noch Zeit für einen Kaffee, ehe sie einchecken mussten.

Sie hielten Händchen, schmusten etwas und küssten sich immer wieder.

Beide waren Angespannt, aber voller Vorfreude auf diesen Urlaub.

Als sie den Flieger bestiegen sahen sie auch diese andere Paar zum ersten Mal.

Sie, schwarze, schulterlange Haare, schlanke Figur mit kleinen Brüsten, ein knackiger Po in einer engen Jeans. Er war etwas größer und von normaler Figur, aber mit einer sehr sympathischen Ausstrahlung.

Die vier lächelten sich zu und bestiegen, ohne ein Wort zu wechseln, den Flieger nach Antalya.

Sarah lehnte sich während es Fluges oft an Kais Schulter und hielt verliebt seine Hand.

Er erwiderte diese Zuneigung durch einen gelegentlichen Kuss auf ihre Stirn oder ihren lächelnden Mund.

Das andere junge Paar saß 3 Reihen hinter ihnen auf der anderen Seite.

Am Flughafen schnappten sich Sarah und Kai ihr Gepäck und verschwanden Richtung Ausgang um zum Bus des Reiseveranstalters zu gelangen.

Sie gingen die Reihe der Busse ab, wo junge Damen oder Herren mit Schildern standen, die auf die Hotels und den Veranstalter aufmerksam machten.

Als sie nach etwa der Hälfte der Bus-Reihe eine junge Türkin sahen, die ein Schild mit unter anderem ihrem Hotel hoch hielt, blieben sie stehen und stellten sich vor.

Die junge Dame überprüfte die Gästeliste und begrüßte sie freundlich und bat sie einzusteigen.

Sarah und Kai ging nach hinten durch. Im Bus war es angenehm kühl, während draußen weit über 30 Grad waren.

Kai und Sarah sahen, wie auch das junge Paar aus dem Flugzeug auch in diesen Bus stieg, dachten sich aber noch nichts dabei, da der Bus etwa 7 Hotels anfuhr und auch viele andere Gäste aus dem Flugzeug, an die sie sich erinnern konnten, zustiegen.

Das junge Pärchen lächelte Kai und Sarah zu und nickten. Die beiden erwiderten es ebenfalls mit einem Lächeln und Kopfnicken.

Dann ging die Fahrt los.

Beim dritten Hotel war das Ziel erreicht, Sarah und Kai standen auf, ebenso das jung Pärchen aus dem Flugzeug, desweiteren zwei Frauen in den Vierzigern und ein Mann um die 30.

Kai und Sarah lächelten sich an.

Sie waren also nicht das einzige „Frischfleisch" in diesem Hotel.

Der Busfahrer lud die Koffer der sieben Personen aus, bedankte sich höflich für das Trinkgeld, was alle in die Schale vorne am Fahrersitz eingeworfen hatten und stieg wieder ein.

Aus dem Hotel kamen sofort drei junge Männer auf die neuen Gäste zu, nahmen ihr Gepäck und geleiteten sie ihn die Empfangshalle des imposanten Gebäudes.

Das Hotel bestand aus vier großen, vierstöckigen Gebäuden, wobei jeweils zwei Blocks links und zwei rechts standen.

Im „Innenhof" war laut der Bilder ein großer Herzförmiger Pool mit einem runden, auf Säulen stehender Wasserfall. Dort war auch die großzügig gestaltete Poolbar.

Rund um den Pool waren reichlich Liegen mit Auflagen für die Gäste.

Sarah und Kai freuten sich schon auf das erste Bad im Pool und den ersten „All-inclusive"-Drink an der Bar.

„So sieht man sich wieder.", sagte auf einmal der junge Mann von dem Pärchen und lächelte Kai und Sarah an. „Wir hatten schon so eine Vermutung, das ihr auch hier her wollt, nachdem ihr in den selben Bus eingestiegen seid", sagte er weiter.

Kai und Sarah lachten, auch die anderen neuen Gäste, die das gehört hatten, lachten.

„Und wir haben uns gar nichts weiter dabei gedacht und haben gerätselt, wo ihr wohl aussteigt. Jetzt sind wir Schlauer.". sagte Kai mit einem Lächeln auf den Lippen.

„Man weiß ja nie vorher, wer wo aussteigt, das ist ja das Spannende an so einer Reise.", sagte eine der beiden Frauen und grinste.

Alle füllten nun ihren Anmeldebogen aus und wurden auf die Gegebenheiten des Hotels hingewiesen. Oben ohne ja, aber nicht FKK, kein Sex im Pool, dafür wären die kleinen abschliessbaren Hütten überall auf dem Gelände gedacht.

Diese wären auch mit Handtücher, einer kleinen Dusche und Kondomen bestückt.

Würde was fehlen, soll man dem Pool-Boy Bescheid sagen.

Man könne natürlich auch die Zimmer für erotische Abenteuer nutzen, sagte die Dame am Empfang weiter und lächelte freundlich dazu, als sei es das normalste der Welt in ein erotisches Hotel einzuchecken. Vermutlich hatte sie das schon tausende Male neuen Gästen erzählt.

`OK´, dachte Kai nach. `Von kleinen Hütten habe ich nichts gelesen.´

Alle nahmen ihre Zimmerkarten in empfang, wobei Paare, auch die beiden Damen, alle zwei Karten erhielten.

Die jungen Männer vom Eingang nahmen den Paaren das Gepäck ab und ein vierter Mann kam dazu, um das Gepäck des Solo-Herren zu nehmen.

Sarah und Kai sowie das Damen-Paar gingen rechts ab Richtung Block I während das junge Pärchen aus dem Flugzeug gerade aus geführt wurde zu Block II.

Wohin der junge Mann geführt wurde, bekamen Sarah und Kai nicht mehr mit.

„Man sieht sich.", sagte Kai noch zu den anderen und folgte dann dem Hotel-Boy.

„Spätestens gleich am Pool.", hörte er noch die bekannte Stimme des männlichen Parts von dem Pärchen.

Der Fahrstuhl hielt zunächst in der zweiten Etage, wo das das Frauen-Paar ausstieg und fuhr dann in das dritte Stockwerk, wo der Kofferträger Sarah und Kai wies, ihm zu folgen.

Als sie in das Zimmer traten, waren sie angenehm überrascht. Es war kühl, aber nicht kalt, ein große Bett lud zum schlafen und mehr ein. Auf dem Bett saßen aus zwei Badetüchern geformte Schwäne, deren Hälse sich umschlungen.

Das Zimmer war doch recht geräumig mit einer kleine Ledercouch für zwei Personen und zwei kleinen Cocktail-Sesseln. Auf dem dazugehörigen Tisch stand eine Flasche Sekt mit vier Gläsern statt der üblichen zwei. Das Bad war ungewöhnlich groß für ein Hotel und mit einer großen, bodenebenen Dusche ausgestattet. Hier hingen auch vier statt nur zwei Badetücher.

`OK.´, dachte Kai lachend. `Die haben vorgeplant.´

Sarah packte bereits die beiden Koffer aus, wobei Kai auffiel, das SEIN Koffer eigentlich auch zur Hälfte ihrer war und schmunzelte vor sich hin.

Sarah bemerkte dies und fragte:

„Was?"

„Och nix, Schatz. Alles gut.", sagte Kai lachend.

„Ja, wir Mädels brauchen eben etwas mehr zum wechseln als ihr Buben.", und grinste.

Als Sarah mit dem Auspacken fertig war griff sie ihren Bikini. Es war schon Nachmittag und sie wollte unbedingt noch an den Pool. Sie zog den Bikini an und dann ein langes T-Shirt darüber. Kai zog sich seine Badehose, Shorts und T-Shirt über und schnappte sich die mitgebrachten Badetücher.

Sie fuhren mit dem Fahrstuhl ins Erdgeschoss und folgten den Schildern `Poolbar´.

Nach wenigen Metern hatten sie den Ausgang zum Pool erreicht und freuten sich, das der genauso toll war, wie er auf den Fotos gewirkt hatte.

Auf dem Weg zu den Liegen sahen sie schon das nette Pärchen aus dem Flugzeug.

Die Beiden hatten sich schon ein Plätzchen reserviert und winkten Kai und Sarah freundlich zu.

„Gehen wir rüber?", fragte Kai.

Sarah lächelte. „Klar gehen wir rüber.", und zwinkerte ihm zu.

Kai lachte kurz auf und ging in Richtung des jungen Paares.

„Hallo ihr zwei. Habt ihr uns was freigehalten?", fragte Kai grinsend.

„Wir haben gehofft, das ihr euch zu uns gesellt.", sagte die junge Frau mit einer sanften Stimme.

„Das ist schön.", erwiderte Kai und stellte sich und Sarah erst mal vor.

Die beiden Anderen standen auf und küssten Sarah links und rechts auf die Wange, Kai tat es bei der Dame des Paares ebenso und gab ihm die Hand.

„Wir sind Steffi und Klaus.", sagte er. „Macht´s euch gemütlich."

Steffi war bereits oben ohne, wie eigentlich alle Frauen, die hier am Pool waren,

Also zog Sarah ihr T-Shirt aus und auch das Bikini-Oberteil.

„Tolle Brüste.", sagte Steffi, die in jeder Brustwarze ein Piercing trug und ein großes Tattoo auf
dem Oberschenkel hatte.

„Danke.", sagte Sarah. „Deine Brüste sind aber
auch sehr schön.", und lächelte verheißungsvoll-
dabei.

Nach einigen Gesprächen über ihre Heimatorte,
Jobs und Cluberfahrungen gingen die Ladys ins
Wasser, während die Männer an die Bar gingen
um ein Bier zu trinken.

Das Wasser war angenehm kühl, aber kalt genug,
das sich Sarahs und Steffis Brustwarzen sofort
steil aufrichteten.

„Ohhh, ist das Wasser geil.", sagte Sarah.

„Ja, echt toll.", erwiderte Steffi und winkte dabei
den Männern an der Bar zu.

„Wow. Tolle Brustwarzen.", sagte Sarah. „Wenn
die sich so aufrichten kommen deine Piercings
noch besser zur Geltung. Hast du noch mehr?",
wollte Sarah wissen.

„Ja. Ich habe noch in jeder Schamlippe einen Ring.", lächelte Steffi. „Und du? Hast du keine Piercings?", wollte sie wissen.

„Nein. Ich möchte keine. Nicht, das ich das bei anderen nicht erregend finde, aber selbst möchte ich nicht.", gab Sarah zu verstehen.

„Aha. Sie törnen dich aber bei anderen an!?", sagte Steffi, was mehr wie eine Feststellung als eine Frage klang.

„Ja. Durchaus.", lachte Sarah.

„Bist du Bi?", wollte Steffi wissen.

„Ja. Du auch?

„Ja. Und ich liebe es. Ich liebe das Spiel mit Männern und mit Frauen. Mal alleine mit ihm, mal alleine mit ihr oder mal alle zusammen."

„Bislang war ich noch nie mit einer Frau alleine beim Sex. Kai war immer dabei. So nach einiger Zeit brauche ich dann mal nen Schwanz in der Muschi.", meinte Sarah lächelnd.

„Das mit dem Schwanz geht auch gut ohne Mann.", grinste Steffi. „Ich habe meinen Strap-On dabei!"

„Hört sich ja fast wie eine Einladung an.", stellte Sarah fest.

„Warum nicht?", erwiderte Steffi und strich Sarah über die immer noch harten Nippel.

„Der Urlaub ist noch lang und wenn sich die Gelegenheit ergibt…!"

„Genau. Warum nicht!", stellte Sarah fest und streichelte ebenfalls über Steffis Brüste.

„Die Ladys scheinen sich zu mögen.", stellte Klaus fest.

„Ja. Scheint so.", grinste Kai. „Dann wird ihnen wenigstens nicht langweilig, wenn wir uns einen Trinken gehen."

Klaus lachte laut auf.

„Vielleicht geht dann das Shoppen auch an uns vorbei.", sagte Klaus und beide lachten laut auf.

Als die Damen aus dem Wasser kamen, gaben sie sich einen kurzen, aber zärtlichen Kuss, trockneten sich dann ab und gingen Richtung Pool-Bar zu ihren Männern.

Sie setzten sich zu ihnen, gaben ihrem Partner einen Kuss und bestellten sich beim Kellner einen Cocktail.

Sie saßen noch etwas eine Stunde zusammen, bevor jedes Pärchen auf sein Zimmer verschwand, um sich für das Abendessen umzuziehen.

Man verabredete sich, in einer Stunde im Restaurant zu sein und für die jeweils andern eine Platz frei zu halten.

Sarah und Kai gingen duschen und zogen sich um.

Dabei erzählte sie Kai von Steffi und ihrer Idee mit dem Strap-On und einem Solo-Date.

„Wenn du Lust darauf hast, dann mach es.", sagte er und nahm sie dabei zärtlich in den Arm.

Sie lächelte und ging sich schminken.

In ihrem roten, eng anliegendem Kleid mit kurzem Röckchen sah sie sehr Geil aus.

Kai trug eine beige, dünne Sommerstoffhose und ein blaues, kurzärmeliges Hemd, wobei der die oberen drei Knöpfe auf lies.

Sarah und Kai waren als erste im Restaurant und schauten sich das Buffet an.

Alles wie in jedem Lokal, dachte er erst, bis ihm die halben Melonen auffielen, die überall zwischen den Speisen standen.

´Wow.´, dachte er. `Was für eine Arbeit.´

Die halben Melonen enthielten Schnitzereien von sich liebenden Paaren in verschiedenen Stellungen. Man konnte Gesichtszüge der abgebildeten Personen erkennen und waren sehr schön gearbeitet.

Auch Sarah fielen sie auf und merkte an, das da wohl einer Abends echt geil nach Hause gehen würde. Beide lachten darauf hin und das Kopfkino setzte ein.

Es waren schon sehr viel Leute auf der Terrasse des Restaurants. Drinnen war kaum jemand.

Sie fanden einen Tisch für vier Personen und grüßten im vorbei gehen das Damenpaar, das mit ihnen gekommen war. An deren Tisch saß auch der junge Mann und noch ein Herr, den die beiden vorher noch nicht gesehen hatten.

Sie setzten sich an den Tisch, bestellten sich Wein und wateten auf Steffi und Klaus.

Nach fünf Minuten kamen die Beiden.

„Seid ihr so früh oder sind wir so Spät?", fragte Klaus.

„Ihr seid genau Pünktlich.", meinte Kai.

Steffi und Klaus nahmen gegenüber von Sarah und Kai Platz.

Die Damen saßen sich gegenüber sowie auch die Männer.

Nach etwas Small-Talk gingen die Damen los, um sich am Buffet zu bedienen.

Dabei wies Sarah Steffi auf die Schnitzereien in den Melonen hin. Beide lachten fast die ganze Zeit und amüsierten sich über den, der die Arbeit wohl verrichten musste.

Als die Damen zurück waren, gingen auch Kai und Klaus.

Beide zog es zum Grill, der am Ende der Terrasse aufgebaut war und wo ein Koch auf Wunsch auch Nudeln in der Pfanne zubereitete.

Zurück am Tisch bemerkten die Beiden, das die Damen sich fest anschauten.

„Alles gut?", fragte Kai.

„Ja, Schatz alles bestens.", lächelte Sarah verschmitzt.

Erst jetzt bemerkte er, das Steffi ihren Fuß zwischen Sarah Oberschenkeln vergraben hatte und mit ihrem großen Zeh an ihr spielte.

„Bist du ohne Slip losgegangen?", fragte Kai.

„Natürlich, mein Schatz.", grinste Sarah und gab ihm einen Kuss.

Die Stimmung im Restaurant war sehr locker und gelöst.

Überall wurde gelacht und zwischendurch auch mal etwas gefummelt, wie es schien.

Keiner störte sich also an Sarah und Steffis Aktion.

Nach dem Essen gingen die vier an die Pool-Bar und setzten sich an einen großen Tisch für acht Personen, wobei die Mädels sich nebeneinander auf die eine Seite setzten und die Männer sich ihnen gegenüber plazierten.

Sie bestellten sich Drinks und unterhielten sich, wobei die beiden Frauen Händchen hielten.

Dann fragte eine Stimme neben ihnen:

„Ist hier noch frei und Platz für vier Personen?"

Alles blickten auf und erkannten den jungen Mann aus dem Flugzeug.

„Ja, sicher. Setzt euch.", sagte Kai und alle nickten zustimmend.

Das Damen-Paar, der junge und der ihnen unbekannte Mann nahmen am Platz.

Hier saßen immer Mann und Frau nebeneinander.

Scheinbar hatten sich im Laufe des Nachmittags auch hier Paare gefunden.

Die Stimmung am Tisch was locker und alle unterhielten sich untereinander angeregt.

Es ging in aller Regel um Sex und Clubs und Anekdoten, die jeder aus den Clubs so kannte. Es wurde viel gelacht und alle amüsierten sich prächtig.

Sabine und Andrea, das Damenpärchen, waren Freundinnen, die beide geschieden waren und gemeinsam durch Bars und Clubs zogen. Sei waren 45 und 46 Jahre alt.

Matthias war der junge Mann aus dem Flugzeug und 32.

Der Unbekannte war Martin und 38 Jahre alt. Er war erst am Tag zuvor angekommen.

Steffi und Klaus waren 28 und 32 und damit jeweils genau ein Jahr jünger als Sarah und Kai.

Der Abend zog so dahin. Zwischendurch küssten sich Sarah und Steffi immer wieder mal sehr zärtlich, bis Steffi Sarah auf einmal etwas Intensiver küsste und Sarah dieses auch sofort erwiderte.

Nach ein paar Minuten sagte Steffi in Richtung Klaus und Kai:

„Ich würde mir gerne mal diese hübschen, kleinen Hütten angucken. Begleitet ihr uns oder wollt ihr lieber weiter trinken?", und grinste dabei.

Sarah lächelte Kai an, der zurück grinste und aufstand.

„Klar kommen wir mit.", sagte Kai.

Die drei anderen erhoben sich und wünschten den verbliebenen am Tisch noch einen schönen Abend, worauf Sabine sagte, das sie ihn bestimmt haben werden und lächelte in die Runde.

Die Wege auf dem Gelände waren von kurzen Strahler leicht erleuchtet.

Man konnte die Schönheit der Anlage nur erahnen. Bislang hatten Sarah und Kai noch gar nicht auf die Beete und Büsche der Anlage geachtet.

Sarah und Steffi gingen Händchenhaltend voran, die Herren folgten grinsender Weise.

„Wenn draußen die Lichterkette aus ist und eine rote Lampe leuchtet ist die Tür verschloßen und man will nicht gestört sein.", sagte Klaus. „Lichterkette aus und grüne Lampe, dann darfst du eintreten und vielleicht mitspielen. Lichterkette an, dann ist frei."

Also hielten die vier Ausschau nach „Lichterkette an" und wurden nach kurzer Zeit auch fündig.

Steffi ging voran und machte Licht.

Es war sehr Dezent gehalten, aber man konnte alles gut erkennen.

Der Raum roch sauber und frisch und die Spielwiese schien sehr bequem zu sein.

An der einen Wand standen vier Cocktail-Sessel, wie sie auch im Zimmer zu finden waren.

Das Bett war etwa 2x2 Meter groß.

Der Dusch und WC-Bereich waren hell erleuchtet, was Steffi veranlasste die Türkei-Prospekt dort zu schließen. Somit gab es in dem Raum eine erotische und gedämpfte Atmosphäre.

Steffi ging auf Sarah zu und küsste sie sofort voller Leidenschaft.

Sarah war schon die ganze Zeit leicht erregt in Anbetracht der Situation und dessen, was noch kommen sollte.

Jetzt aber wurde sie richtig feucht. Steffi küsste Fantastisch.

Ihre Hände griffen sofort nach Sarahs brüsten und fingen an sie über dem Kleid zu streicheln und zu kneten.

Kai und Klaus schauten sich an und Kai zeigte mit einem Kopfnicken Klaus an, das sie sich setzten sollten, um die Show zu genießen.

Vorher schaltete Klaus jedoch die Lichterkette aus und das rote Licht an.

Sarah zog Steffi nun ihr T-Shirt aus, unter dem sie keinen BH trug.

Ihre Lippen fanden den Weg zu Steffis Brustwarzen und saugten erst zärtlich, dann etwas fester daran. Steffi öffnete den Reissverschluß von Sarahs Kleid, das dadurch sofort zu Boden fiel.

Sarah war nun Nackt und öffnete den Reissverschluß von Steffis Leder-Mini.

Auch dieser fiel zu Boden. Beide Frauen griffen der jeweils andern zwischen die Beine und massierten gekonnt die Muschi der jeweils anderen.

Sarah war so geil, das sie schon nach wenigen Augenblicken unter lautem Stöhnen zum Orgasmus kam, Steffi machte das extrem an und sie wurde auch total Nass und fing an auszulaufen. Kurz danach kam auch sie unter einem Winseln und Jaulen zum Orgasmus.

Die Frauen ließen sich nun auf dem Bett nieder und küssten und streichelten sich Intensiv.

„Ich will wissen, wie du schmeckst!", sagte Sarah und Steffi drehte sich sofort auf den Rücken.

Sarah küsste sich an ihrem geilen Körper runter, bis sie die feuchte Lustgrotte gefunden hatte.

Sanft zog sie Steffis Schamlippen an den Ringen auseinander und vergrub ihre Zunge in der feuchten Spalte. Steffi stöhnte laut auf.

Mit ihrer flinken Zunge umspielte Sarah Steffis Kitzler, saugte hin und wieder daran und nahm ihre Muschi so fest in den Mund wie sie konnte, um daran zu saugen.

Ihre Zunge fuhr immer wieder durch die mittlerweile triefend nasse Pflaume.

Sarah gefiel der Geschmack von Steffis Möse und leckte immer intensiver.

Unter einem vor Geilheit lauten Aufschrei explodierte Steffi gerade zu.

Sie spritzte mit einem unglaublichen Schwall ab und die Ladung strömte in Sarahs Gesicht, was ihr aber absolut gefiel und sie versuchte das Squirt-Sekret aufzunehmen.

Steffi packte Sarahs Kopf und zog sie zu sich hoch. Wie Wild knutschten sie beiden Frauen.

Kai und Klaus auf ihren Sesseln konnten den beiden auch nicht ohne Hand anzulegen zuschauenund wichsten sich ihre harten Riemen.

Nun war Sarah an der Reihe.

Steffi dreht sie auf den Rücken und begab sich direkt mit dem Mund an ihre Muschi.

„Du hast eine total geile und schöne Muschi.", sagte Steffi noch und fing sofort an Sarah mit ihrer Zunge zu verwöhnen.

Sarah konnte nich mal mehr Danke sagen, so intensiv war das Gefühl von Steffis Zunge und Lippen. Sie spürte wie Steffi tief mit ihrer Zunge in sie Eindrang und auch immer wieder zu ihrem After runter fuhr, um sie auch dort zu lecken.

Während Steffi sie hart und fest leckte, schob sie auf einmal zwei Finger in Sarah Möse, was sie völlig in den Wahnsinn trieb. Sei stöhnte vor Lust laut auf und explodierte nach nur wenigen

Augenblicken mit einem Squirting, wie sie es noch nie erlebt hatte.

Steffi kam wieder zu ihr hoch und küsste sie.

Dann sagte sie:

„Na, Jungs? Wollt ihr nicht mal ein bisschen mitspielen?", und grinste zu Kai und Klaus herüber. „Ihr habt ja noch alles an. Los ausziehen und herkommen.", befahl sie.

Kai und Klaus taten, wie ihnen Befohlen war und entledigten sich ihrer Kleidung, während die Damen sich weiter küssten und streichelten.

Klaus legte sich neben Sarah und Kai neben Steffi und streichelten die Frauen, die sich weiter mit sich beschäftigten.

Dann drehte Sarah den Kopf zu Klaus und küsste ihn. Steffi tat das gleich und küsste Kai voller Leidenschaft und Lust.

Die Damen drehten sich nun zu den Männern und nahmen die harten Schwänze in die Hand und wichsten sie, was die Herren mit leichtem aufstöhnen honorierten.

Steffi war die Erste, die sich zu Kais Schwanz herunterbeugte und anfing ihn zu Blasen.

Kai stöhnte auf und streichelte zuerst ihren Po um dann den Weg zu ihrer Muschi zu suchen.

Steffi drehte sich zurecht, damit seine Finger ihre feuchte Muschi fingern konnten.

Auch Sarah fing nun an, Klaus einen zu blasen, was auch dieser als wohlfühlten Empfand, da er ebenfalls aufstöhnte. Auch er griff nach Sarahs Pflaume und massierte ihren Kitzler, was Sarah wiederum zum stöhnen veranlasste.

Steffi griff zu den Kondomen auf dem kleinen Tischchen neben dem Bett, nahm zwei heraus und gab eines Sarah. Gekonnt zogen sie die Kondome über die prallen Schwänze der Männer und schwangen sich auf sie, um die harten Riemen tief in sich aufzunehmen.

Gleichmäßig reiten die Damen die Männer. Immer wieder küssen sie sich, aber auch den Partner unter sich.

Da stöhnen der Herren wir heftiger, was zuerst Steffi veranlasst von Kai abzusteigen und ihm das Kondom abzustreifen. Dann umklammert sie erneut mit ihren Lippen seinen harten Penis und saugt und wichst ihn.

Auch Sarah ist nun abgestiegen und bläst den Schwanz von Klaus. Er stöhnt laut auf und spritzt sein Sperma auf Sarahs Brust.

Auch Kai explodiert und einem lauten Aufstöhnen in Steffis Mund, die ihm auch noch die letzten Tropfen auszusaugen scheint.

Sie dreht sich zu Sarah und küsst sie. Sarah merkt, das Steffi nicht geschluckt hat und nun mit ihr mit dem Sperma von Kai im Mund spielt, ehe sie es runter schluckt und meint:

„Schmeckt nach mehr!", und die vier lachen los.

„Aber nicht mehr heute.", sagt Kai. „Ich bin völlig Platt. Erst die Anreise und dann ihr zwei scharfen Hasen. Ich kann nicht mehr."

Sarah kriecht zu ihm herüber und küsst ihn.

Steffi streichelt mit einer Hand ihren Rücken und Po, während sich Sarah auf Kai setzt und ihn weiter küsst. Steffi wendet sich Klaus zu, legt sich neben ihn und küsst ihn ebenfalls voller Leidenschaft.

Sarah streicht Kai durch die Haare gibt ihm einen intensiven Kuss und sagt:

„Ich liebe dich, mein Schatz. Und mal gucken, was wir vier morgen so anstellen!"

Urlaubsbekanntschaften

(Teil II)

Drei Tage waren von Sarahs und Kais Türkei-Urlaub schon um.

Beide waren nicht mehr ganz so blass auf der Haut, weil sie zusammen mit Steffi und Klaus die Tage am Pool verbrachten. Die Abende und Nächte waren sie in einer der Hütten auf dem Gelände des Hotels zusammen.

Am vierten Tag trafen sie sich morgens zum Frühstück.

Es gab frisches Obst, türkische Backwaren, Aufschnitt von Rind und Lamm sowie Eiervariationen, dazu Kaffee und Säfte.

Die vier hatten am Abend schon geplant, das die Mädels zusammen mit dem Damen-Pärchen

Andrea und Sabine zum Basar zwei Straßen weiter wollten.

Die Jungs hingegen hatten vereinbart mit den Solo-Herren Matthias, der am gleichen Tag wie die 3 Paare angekommen war, und mit Martin, der einen Tag vorher angereiste, an der Pool-Bar zu Pokern.

„Verzocke nicht unsere Urlaubskasse.", sagte Sarah, bevor sie sich von Kai verabschiedete.

„Keine Angst, Schatz. Notfalls tausche ich dich gegen 20 Kamele ein. Dann komme zumindest ich wieder nach Hause.", lachte Kai und bekam zu Strafe prompt das Badetuch ins Gesicht geschmissen.

Die Damen trafen sich in Café in der Lobby.

„Bleibt es bei dem Basar hier oder wollen wir mit dem Dolmus nach Manavgat fahren?", fragte Steffi als alle da waren.

„Also bei der Hitze muss ich mich nicht in so einen Kleinbus zwängen.", erwiderte Andrea.

„Nööö… Lasst uns wie besprochen hier zum Basar gehen. Ist doch eh überall das gleiche.", merkte Sarah an.

„OK, Leute. War nur eine Idee.", grinste Steffi und trabte los, die anderen drei hinterher.

Nach etwa 10 Minuten Fußmarsch standen sie am Eingang einer Passage, in der reges Treiben herrschte. Überall waren kleine Geschäfte, die vornehmlich nachgemachte Kleidung der großen Marken hatten. Zwischendurch immer wieder mal Schmuckgeschäfte oder kleine Cafés, Souvenir-Läden oder Geschäfte, die ihre Döner oder Gewürze anboten.

An fast allen Läden wurden sie auf Deutsch angesprochen:

„Schöne Frau. Du kaufen hier schönes Kleid."
oder auch:

„Kaufen Goldkette. Macht dich noch schöner."

„Woher wissen die, das wir aus Deutschland sind?", fragte Sabine in die Runde.

„Weil du ne Deutschland-Fahne auf der Stirn hast!?", stellte Andrea fest.

Sabine fasste sich in diesem Moment an die Stirn. Die drei andern lachten laut los.

„Menno… Ihr seid Doof.", sagte Sabine und lachte ebenfalls laut los.

So ging es den ganzen Tag, Irgendwer wurde immer veräppelt und es wurde viel gelacht.

Dann trank man sich mal irgendwo einen Kaffee oder ne Cola.

Mittags gab´s einen Döner.

Es wurde reichlich Geld für Kleider, Hosen, Schuhe usw. ausgegeben, bis die Lady´s vom Laufen und Lachen echt KO waren.

„Treten wir den Rückweg an, Mädels?", fragte Sarah.

„Jaaaa, gerne.", erwiderte Steffi und Andrea und Sabine nickten zustimmend.

Vollgepackt mit Tüten schlenderten die vier zurück.

Am Hotel angekommen fragte Steffi:

„Sollen wir noch erst unseren Kerlen „Hallo" sagen?"

Sarah ging kurz um die Ecke an das große Fenster, das einen Blick auf die Pool-Bar freigab.

„Nööö. Die sitzen da immer noch und zocken. Lasst uns Klamotten anprobieren!"

„OK. Wohin gehen wir?", fragte Andrea.

„Gehen wir zu uns ins Zimmer. Dort haben wir noch ein paar Flaschen Sekt und auch Kaffee, wenn noch einer mag.", stellte Steffi fest.

Gesagt getan.

Alle Damen Richtung Fahrstuhl und ab zu Steffi.

Im Zimmer angekommen, wurden die Türen auf die Couch geworfen, der Sekt aus dem Kühlschrank geholt und für alle eingegossen.

„PROST!", auf uns klang es aus allen Kehlen.

Andrea und Sabine nahmen in den beiden Sesseln platz, während Sarah und Steffi sich auf dem Bett niederließen.

Die vier tratschten, lachten und hatten jede Menge Spaß – und Sekt.

Der Alkohol schlug bei dem heißen Wetter gut an.

Die Mädels wurden entspannter und lockerer, während sie ihre „Beute" vom Basar anprobierten. Da alle ohne BH unterwegs waren standen sie meistens nur im Slip im Zimmer, wenn was Neues ausprobiert wurde.

„Ich habe alles durch.", sagte eine nur im Slip dastehende Steffi.

„Hihihi.", lachte Sabine. „Ich auch.", und stand auch fast Nackt im Raum.

Andrea saß nur mit ihrem String bekleidet im Sessel und nuckelt an ihrem Sekt.

Sarah goss sich noch mal nach, bis aus der Flasche nichts mehr kam.

„Uups. Schon wieder eine leer.", und lachte.

„Du hast ja echt geile Brustwarzen.", stellte Steffi mit einem mal bei Sabine fest.

„Darf ich daran mal saugen?"

„Sicher. Wenn es dich reizt.", erwiderte Sabine und drehte sich zu Steffi rüber.

Steffi streichelte erst Sabines Brust ganz sanft, bevor ihre Lippen die Brustwarze küssten und liebkosten. Sabine stöhnt leicht auf und warf den Kopf in den Nacken.

„Ich nehme die andere Titte.", gab Sarah zum besten, trat neben Steffi vor Sabine hin und saugte an der anderen Brust.

Wieder stöhnte Sabine auf.

„Ohhh, ist das Geil.", gab sie von sich.

Andrea sah den Dreien zu und lächelte.

Sabine legte ihre Arme um die Schultern der beiden vor ihr stehenden Frauen und streichelte sie. Sarah und Steffi küssten sich, bevor Sarah ihre Lippen in Richtung Sabine bewegte. Auch die beiden gaben sich einen innigen Kuss.

Dann war Steffi dran. Auch sie wurde von Sabine heftig geknuscht.

Während sich die beiden wieder um Sabines Brüste bemühten, griff Sabine mit je einer Hand Sarah und Steffi zwischen die Beine und fing an, die Muschis zu streicheln.

Beide stöhnten bei der Berührung leicht auf und fingen an, sich ihres Slips zu entledigen.

Dann zog Sarah Sabine ebenfalls den Slip aus und tastete nach ihrer Scham, saugte aber weiter an der einen Brust. Sabine stöhnte jetzt lauter auf.

Ihre blankrasierte Muschi war total Nass.

Steffi erhob sich und küsste Sabine voller Lust. Ihre Zunge umspielten sich und zwischendurch bissen sie sich sanft auf die Lippen.

Sabine schob jetzt zwei Finger in Steffis geöffnet Spalte und fing an, diese heftig vor und zurück zu bewegen. Steffi stöhnte laut vor Geilheit auf.

Sarah stellte sich, genau wie Steffi breitbeinig hin, ihre Möse öffnete sich dadurch leichtemund somit konnte Sabine mit der anderen Hand ebenfalls in ihr nasse Grotte eindringen.

Auch Steffi stöhnte laut auf.

Andrea, die noch immer im Sessel saß, wurde zusehends geiler von dem Treiben der drei Freundinnen. Sie entledigte sich ihres Slips, legte die Beine über die Armlehnen und fing an an, sich ihre bereits auslaufende Fotze zu massieren, wobei sich sich selbst zwei Finger rein schob, sie raus zog, ableckte um sie dann direkt wieder reinzuschieben.

Auch sie stöhnte laut vor sich hin.

Sabine schob nun Sarah und Steffi Richtung Bett. Beide fielen Rücklings auf die Matratze und Sabine folgte ihnen mit ihren Fingern in den Mösen der Beiden.

Wild fingerte sie beide gleichzeitig, während sich Sarah und Steffi heftig küssten.

Küssend und stöhnend näherten sie sich ihrem Orgasmus.

„Kommt schon, ihr geilen Miststücke.", rief Sabine. „Spritzt für mich ab!"

Sarah und Steffi saugten sich abwechselnd an ihren Warzen, zwirbelten sie und kneteten ihre Titten. Ihr stöhnen und japsen wurde lauter.

Sarah kam unter einem Schwall aus ihrer Muschi zuerst und spritze Sabine an, die vor

Geilheit ebenfalls aufstöhnte. Kurz drauf squirtete Steffi und einem heftigen Aufschrei und es spritzte wie eine Fontäne aus ihrer Fotze heraus.

Auch Andrea hatte jetzt genug vom zusehen,

Sie ging rüber zum Bett, setzte sich auf Sarahs Gesicht, die sofort anfing, die vor Geilheit auslaufende Möse wild zu lecken. Immer wieder fuhr sie durch Spalte und umkreiste dann kurz den Kitzler, um von vorne zu beginnen. Andrea stöhnte laut und heftig unter der Zungenakrobatik von Sarah:

„Mädchen, das hast du echt voll drauf.", sagte die deutlich ältere Andrea.

„Jaaaa, leck meine Fotze, du geiles Stück."

Unter diesen Worten spritzte Andrea Sarah direkt ins Gesicht, die es aber genoss und versuchte, den Liebessaft von Andrea in sich aufzunehmen.

Sabine hatte sich währenddessen über Steffis Kopf gesetzt, presste ihren Mund fest auf ihre

Scham und schrie:

„Leck mich, du Schlampe. Leck mich bis ich Spritze.", und stöhnte laut vor sich hin.

Steffi tat, wie ihr vorgegeben war und leckte die ebenfalls deutlich älter Sabine.

Diese packte ihr Haar und presste sie noch tiefer an sich, bewegte ihr Becken dabei wild vor und zurück, bis sie unter einem lauten „Jaaaaaa......." explodierte.

Der Saft schoß Steffi über ihr Gesicht, ihr Haar und in den Mund.

Dann küsste Sabine Andrea wild, indem sie Andreas Kopf zwischen ihre Hände nahm.

Sabine dreht Andrea nun auf den Rücken, kniete sich zwischen ihre Schenkel und leckte sie wild weiter. Sarah und die im Gesicht und Haar nasse Steffi lächelten sich an und gaben sich einen innigen Kuss.

`Wow´, dachte sich Sarah. `So eine geile Nummer hatte ich ja noch nie.´

Während sie noch so über die Situation nach-dachte, griff Steffi in die Schublade des Nachttisches und grinste Sarah an.

„Ohhh…!", staunte Sarah. „Dein Versprechen."

„Ja. Habe ich dir doch gesagt.", grinste Steffi. „Und jetzt werde ich Dich ficken. Dreh dich um, Süße."

Sarah ging in den Doggy-Style und während Steffi sich den Umschnall-Dildo anzog.

Ihr Gesicht wendete sie dabei der auf dem Rücken liegenden Andrea zu und küsste sie, die sich mit kneten von Sarahs Titten revanchierte.

Steffi kniete sich nun hinter Sarah und schob ihr den Gummischwans tief in die triefend nasse Möse. Sarah stöhnte laut auf, küsste dann aber Andrea heftig weiter.

Sabine unterdessen schob Andrea den Mittelfinger in die Muschi, die ebenfalls vor Geilheit total Nass war, zog ihn raus und schob ihn mit einem heftigen Stoß Andrea in den Arsch.

„Jaaaaa....! GEIL, GEIL, GEIL!!!", kam es aus Andrea hervor.

Der Daumen der anderen Hand massierte dabei den den Kitzler mit kreisenden und drückenden Bewegungen. Ihre Zunge leckte sie noch immer heftig.

Sarah wurde wie wild von Steffi gefickt und stöhnte laut vor sich hin.

Steffi zog den Dildo auf mal raus und setzte ihn an Sarahs Rosette an.

Sarah zog sich die Backen auseinander und sagte mit Blick auf Steffi:

„Ja, mach. Fick meinen Arsch."

„Das wollte ich schon machen, seit ich dich kenne.", antwortete Steffi grinsend.

Behutsam, aber doch unnachgiebig drückte sie den Dildo tief in Sarahs Po.

Diese stöhnte wiederum heftigst auf und wußte, das es nicht mehr lange dauert, bis sie kommt. Ein wilder Orgasmus durchzog sie nach wenigen Augenblicken.

Ihr ganzer Körper bebte wild. Die Muschi zuckte und sie floss geradezu aus.

Auch Andrea schrie nun laut auf. Auch ihr Orgasmus dürfte nicht minder heftig gewesen sein. Der Saft schoss in hohem Bogen gegen Sabines Gesicht.

Langsam ließen sich die Frauen neben einandner auf das Bett sinken.

„Alles Nass hier.", winselte Andrea.

„Scheißegal.", erwiderte Steffi. „Geil war´s dafür!", und lachte laut.

Die drei anderen Frauen verfielen ebenfalls in lautes Lachen.

Eng umschlungen lagen sie da und schliefen ein.

Irgendwann öffnete sich die Zimmertür.

Kai und Klaus betraten den Raum.

„Jetzt sieh dir das an!", sagte Kai leise. „ Ich denke, die sind Einkaufen und dann das hier."

Er lächelte Klaus an.

„Ey, ob die heute Abend nach dem Essen noch Bock auf und haben?", fragte Klaus belustigt.

„Och, ich denke, das sie sich bis dahin erholt haben.", meinte er. „Komm, wir gehen wieder an die die Pool-Bar und lassen die vier noch ein Stündchen schlafen. Bis zum Abendessen ist noch reichlich Zeit und unser Ladys müssen ja für uns heute Abend wieder fit sein."

Sie lächelten sich an und verließen leise den Raum der vier erschöpften, schlafenden Damen.

Urlaubsbekanntschaften

(Teil III)

Sarah und Kai hatten noch 3 Tage Urlaub in dieser wunderschönen Hotelanlage vor sich.

Sie waren sich sicher, das sie hier wieder ihren Urlaub verbringen würden.

Die Reise war jeden Euro wert, den sie gekostet hatte.

Steffi und Klaus hatten nur 7 Tage gebucht und ärgerten sich darüber.

Sie waren in der Nacht wieder abgeholt und zum Flughafen gebracht worden.

Der Abschied war den Vieren schwer gefallen, aber über eines waren sich alle im klaren:

Wir treffen uns zu Hause in Deutschland wieder. Es war eine richtige Freundschaft, besonders zwischen den beiden Frauen entstanden.

Auch das Damen-Paar, Andrea und Sabine, war in der Nacht wieder abgereist.

Am Morgen saßen Sarah und Kai, zum ersten Mal in diesem Urlaub, alleine und ohne Steffi und Klaus beim Frühstück auf der Hotelterrasse.

Die beiden unterhielten sich über die Vergangenen Tage und schwelgten in Erinnerungen über das gemeinsam erlebte.

Die Terrasse war sehr voll, alle Tischen waren besetzt und an denen waren kaum Plätze frei.

Ein sehr junger, gutgebauter Typ stand auf mal am Eingang zum Frühstücksraum und trat nach draußen. Er schaute sich um, und wußte nicht, wo er sich hinbegeben konnte, um ebenfalls draußen zu frühstücken.

„Hey, junger Freund.", sagte Kai. „Du brauchst da nicht stehen und traurig gucken. Setz dich einfach zu uns. Ich beiße nicht, bei ihr bin ich mir da nicht so sicher.", lachte er und nickte mit dem Kopf in Sarahs Richtung.

„Ja.", meinte Sarah. „Setz dich einfach zu uns. Hier geht alles recht locker zu, also keine Scheu."

Der junge Bursche lächelte und nickte den Beiden zu.

„Danke.", sagte er und trat zu den Sarah und Kai an den Tisch, stellte seinen Teller und seinen O-Saft vor einen freien Stuhl neben Sarah.

„Ich heiße Marcel.", sagte er freundlich.

Kai stand auf, gab ihm die Hand und stellte Sarah und sich vor und wies ihm mit der Hand, platz zu nehmen.

Die Drei redeten weiter darüber, wo sie herkamen, was sie so machten und was sie in diese Hotelanlage verschlagen hatte.

„Wie alt bist du?", wollte Sarah von Marcel wissen.

„Ich bin 21.", lächelte er sie an. „Und ihr?"

„Ich bin 29 und habe im November Geburtstag. Dann bin ich eine alte Frau.", lachte Sarah.

„Kai ist 32 und wird immer jünger." Sie zwinkerte Marcel zu.

„Ja, durch dich mein Schatz.", grinste er. „Und wenn ich wieder 13 bin, darfst du keinen Sex mehr mit mir haben, weil das Strafbar ist."

Die drei lachten und plauderten weiter, Marcel wurde alles erklärt, was so in der Hotelanlage ablief, bis alle mit dem Frühstück fertig waren und sich für´s erste voneinander verabschiedeten.

Sarah und Kai ging zu ihrem Zimmer.

„Der ist irgendwie Süß, finde ich.", sagte Sarah auf dem Weg zu Kai.

„Hast du einen kleinen Seelentröster gefunden, jetzt wo Steffi weg ist?", grinste er.

„Muss man mal sehen. Wir haben ihn ja gerade erst kennen gelernt.", zwinkerte sie ihm zu.

Auf dem Zimmer packten die Beiden ihre Sachen für den Pool zusammen und machten sich wieder auf den Weg nach unten.

Am Pool gingen sie in ihre Lieblingsecke und legten sich auf die Liegen.

„Hier lagen sonst immer Steffi und Klaus.", meinte Sarah traurig und wies auf die Plätze neben sich.

„Komm schon.", erwiderte Kai. „Lass dir die nächsten Tag nicht kaputt machen. Wir treffen die beiden doch bald wieder."

Er gab Sarah einen langen und tiefen Kuss und nahm sie für einen Moment fest in den Arm.

„Ich gehe ne Runde in den Pool.", sagte er und stand auf.

„Danke, Schatz.", sagte Sarah, „ Ich lese lieber etwas. Ins Wasser kann ich auch, wenn es heißer wird."

Kai ging zum Becken, hüpfte hinein und schwamm los.

Sarah hatte sich gerade ihr Buch genommen, das sie vor dem Urlaub angefangen hatte zu lesen, mit dem sie aber noch keine Seite weitergekommen war, seit sie in der Türkei war.

Plötzlich ging das Licht weg und jemand warf einen Schatten auf ihr Gesicht.

„Hallo"., sagte Marcel. „Darf ich mich zu dir bzw. zu euch legen oder würde ich stören?"

Sarah lachte. „Nein, leg dich ruhig hier her. Wie wir sagten, ist hier alles etwas lockerer."

Marcel legte seine Sachen neben die Liege von Sarah, warf sein Badetuch über die Auflage der freien Liege und ließ sich drauf plumpsen.

„Echt geil hier!", fuhr es aus ihm raus. „Ich habe mir mal die Anlage hier gerade etwas näher angeguckt. Es sind ja wirklich jetzt schon rote Lampen an den Häuschen an."

„Wird da jetzt echt schon gefickt?", lachte er mehr wissend als ahnend.

„Hier sind immer irgendwelche Häuschen besetzt.", lachte sie ihm zu.

„Geht scheinbar ganz gut ab hier.", grinste er. „Auf diesen Urlaub bin ich echt gespannt."

„Ich bin sicher, das so ein netter Kerl wie du, hier keine Probleme haben wird."

Die beiden redeten etwa eine halbe Stunde, als Kai plötzlich wieder auftauchte.

„Hi Marcel.", lächelte er. „Hast dir ja gleich den besten Platz am Pool ausgesucht."

Er zwinkerte ihm freundlich zu und Marcel lächelte.

„Das habe ich mir auch gedacht. Warum weit laufen, wenn das Gute „liegt" so nah.", grinste Marcel und malte die Anführungszeichen in die Luft.

Die Drei lachten und Sarah bedankte sich bei Marcel mit einem Wangenkuss für das Kompliment.

So verbrachten die Drei den Tag gemeinsam am Pool, in der Pool-Bar oder den Mittag an der Strand-Bar.

Am späten Nachmittag verabschiedeten sie sich für´s erste voneinander und verabredeten sich zum Abendessen im Restaurant.

Sarah und Kai gingen auf ihr Zimmer, duschten und schmusten noch etwas auf dem Bett.

„Hast du Bock auf ihn?", fragte Kai plötzlich.

„Du meinst Marcel? Ja, habe ich. So einen jungen Typen hatte ich noch nicht. Und? Magst du ihn?", lächelte sie verschmitzt.

„Er scheint OK zu sein, aber er wird ja dich ficken und Sex mit dir haben. Ich muss damit ja nur klar kommen.", meinte Kai ironisch mit einem tieftraurigen Blick.

„Wenn du meinst.", grinste Sarah frech und gab ihm einen Kuss.

Sarah holte einen kurzen schwarzen Stoffrock aus dem Schrank und ein hellblaues enges T-Shirt aus dem Schrank und zog sich an.

„Kein Slip und keinen BH?", fragte Kai.

„Ach, Schatz. Da muss man immer soviel aus- und wieder anziehen.", lachte Sarah.

„Warum ziehst du eigentlich immer eine Unterhose an. Lass sie doch heute Abend mal weg."

Kai guckte sie erstaunt an. „Warum?", fragte er.

„Weil ich es spannend finden würde, das ich nur deinen Reissverschluß öffnen muss, wenn ich Lust auf deinen Schwanz habe. Fände ich sehr reizvoll, Liebling."

„Gut, wenn du das möchtest.", Kai zog seine Short aus und seine schwarze Anzughose an.

Dazu holte er ein rosafarbenes Hemd aus dem Schrank.

„Du siehst toll aus, mein Schatz.", sagte Sarah zu ihm und griff Kai in den Schritt.

„Du auch, mein Engel.", grinste er sie an und tat es ihr gleich.

Sie war schon jetzt etwas feucht und er schloss daraus, das ihre Geilheit hochkam, weil sie sich wohl auf Marcel freute.

Doch dieser Abend sollte ganz anders verlaufen, als Kai es erwartet hatte.

Sarah und Kai gingen Händchen haltend ins Restaurant.

Auf der Terrasse wartete Marcel bereits und hatte ein Bier vor sich stehen.

„Hi. Da seid ihr ja.", freute er sich sichtlich.

Sarah gab ihm links und rechts einen Kuss auf die Wange, Kai klopfte ihm nur auf die Schulter und die Beiden setzten sich zu ihm.

Als sie ihre Getränke vor sich stehen hatten, gingen alle Drei ins Restaurant und zur Grillstation um sich mit Essen zu versorgen.

Zurück am Tisch wurde über vieles gesprochen, auch über die Abenteuer mit

Steffi und Klaus. Marcel hörte gebannt zu und ihn erregten die Erzählungen.

Sarah, die neben Marcel saß, bemerkte die Beule in seiner Hose.

Sie lächelte ihn an, schaute auf seinen Schritt und dann wieder ihn an.

Marcel errötete etwas und schaute verlegen.

„Keine Panik, Marcel. Das ist völlig normal und dazu wunderschön.", lächelte Sarah ihn an.

Dabei legte sie ihre rechte Hand auf seinen Schritt und spürte seinen harten Schwanz.

Marcel schaute zu Kai, der aber nur lächelte.

„Sarah ist scharf auf dich, mein Freund.", sagte Kai schließlich. „Nutze es heute Abend aus, wenn du sie ficken willst." Kai grinste dabei.

„Das wäre bestimmt das Größte! Diese wundervolle Frau zu…", sagte Marcel ohne den letzten Satz zu beenden.

„…zu ficken!?", vollendete Sarah den Satz für ihn. „Ich würde mich freuen, deinen harten Schwanz in mir zu spüren.", sagte sie noch und gab ihm einen heißen Kuss.

„Kommt.", sagte Kai schließlich. „Lasst uns an die Pool-Bar gehen."

Sarah nahm Marcel an die eine und Kai an die andere Hand und so schlenderten sie zur Pool-Bar. Marcel bemerkte die Blicke der anderen Gäste, die aber mehr zustimmend als verärgert guckten.

`OK. Ich bin in einem Erotik-Hotel, da sollte das OK sein.´, dachte er bei sich und freute sich auf den weiteren Abend mit dieser Super-Frau und diesem tollen Mann.

Sie saßen 2-3 Stunden an der Pool-Bar und hatten jede Menge Spaß.

Marcel erzählte viel von zu Hause und wie er in die Szene gekommen war, ohne konkret auf irgendein Erlebnis einzugehen.

Sarah fing langsam an, Marcels Oberschenkel zu streicheln.

Er hatte eine knielange beige Hose und ein weißes T-Shirt an.

Sarah fuhr mit der Hand langsam von seinem Knie immer ein Stück weiter sein Bein hoch.

Sie konnte dabei zusehen, wie die Beule in seiner Hose immer Größer wurde und lächelte dabei.

Wieder lächelte er verlegen zurück, während Kai das Schauspiel nur genoß.

Aber auch bei ihm spielte das Kopfkino unterdessen mit und auch er wurde zunehmend geiler.

„Hast du Angst mich zu berühren?", fragte Sarah ihn leise. „Brauchst du nicht."

Sie nahm seine Hand und legte sie auf ihren Oberschenkel.

Fast automatisch fing Marcel an, sie zu streicheln, wobei seine Hand immer weiter hoch wanderte. Als sie fast bis in ihren Schritt kam, öffnete sie ihre Schenkel ein ganzes Stück.

„Mach weiter.", flüstere sie.

Sie schaute ihm dabei tief in die Augen. Er verstand und seine Hand berührte ihre feuchte Muschi. Sarah schloß die Augen und stöhnte angesichts der Berührung leicht auf.

Marcel sah sich um. Überall an den Tischen wurde geredet, gespielt und auch gefummelt.

Er wurde dadurch, das er nicht der Einzige war, dann mutiger.

Mit dem Mittelfinger drang er in Sarahs Spalte ein, die es mit einem wohlwollenden „Ja." dankbar annahm. Sie war nun schöner deutlich feuchter, fast ganz Nass.

Ihre Hand hatte sich bereits auf Marcels Schwanz gelegt und streichelte ihn durch die Hose.

Sie merkte, wie seine Erregung stieg.

„Was meinst du, Marcel?", fragte sie schließlich. „Möchtest du die kleinen Hütten mal von innen sehen?"

Marcel schluckte, mehr vor Freude als vor Scham.

„Ja, sehr gerne.", erwiderte er.

Sarah beugte sich zu ihm herüber und flüsterte ihm etwas ins Ohr, was Kai nicht verstand, dachte sich aber auch nichts dabei. Er vermutete das es etwas wie `ich will dich´ oder sowas war und grinste.

Die Drei standen auf, sie nahm Marcel an die Hand und sagte:

„Komm, gehen wir."

Die Zwei gingen voran und Kai folgte lächelnd.

Als sie eine der Hütten erreicht hatten, an denen die Lichterkette brannte und auch kein rotes oder grünes Lämpchen über dem Eingang brannte, gingen sie hinein.

Sarah stellte das Licht auf gedämpft ein, so das eine angenehme, erotische Atmosphäre aufkommen konnte.

Kai schloss die Tür, schaltete die Lichterkette aus und schaltete das Lämpchen draußen auf „Rot".

Sarah drehte sich zu Marcel um und küßte ihn erst zärtlich, dann fordernder.

Seine Hände lagen auf ihrem Arsch und kneteten und streichelten ihn abwechselnd.

Dann zog sie Marcel das T-Shirt aus und küßte seine Brustwarzen.

Er streichelte dabei durch ihr Haar.

Langsam ging Sarah vor ihm in die Knie und öffnete seine Hose, ließ sie zu Boden fallen und sah seine ganze Pracht, die steil vor ihr aufragte.

Auch Marcel trug keinen Slip, was ihr gefiel.

Sie nahm den harten Prügel in ihre rechte Hand und umspielte mit ihrer Zunge seine Eichel.

Die linke legte sie auf seinen Sack und knetete ihn sanft.

Marcel stöhnte auf.

Kai zog sich unterdessen aus und legt sich aufs Bett, von wo aus er den Beiden dann zusah und sich seinen Schwanz etwas massierte.

Sarah spielte mit ihrer Zunge, leckte mal die glänzende Eichel, fuhr dann mal seinen Penis runter, wichste ihn immer leicht dabei, um ihn dann ganz in den Mund zu nehmen.

Sie saugte fest an seinem Schwanz und Marcel stöhnte laut auf.

Dann griff ihre linke Hand durch die Beine nach hinten und ihre Finger fingen an, seinen Anus zu massieren. Das stöhnen wurde noch lauter.

Da Marcel mit der Vorderseite zu ihm Stand, bemerkte Kai das nicht und erfreute sich nur an seiner Reaktion auf Sarahs Aktivität.

Dann hörte Sarah auf und erhob sich. Sie küsste Marcel und zog dann Rock und T-Shirt aus.

Danach ging sie ans Bett und küsste Kai.

Plötzlich hielt sie eine Augenbinde in der Hand und zudem noch zwei kurze Seile.

„Schatz. Jetzt bist du dran.", sagte sie mit einem verheißungsvollem Lächeln.

„Ich?", fragte Kai ungläubig.

„Ja. Bitte vertraue mir.", sagte Sarah. „Es wird dir gefallen."

Sie nahm die Augenbinde und er hob den Kopf.

Als der Knoten hinten saß und sie sich sicher war, das er nichts mehr sah, nahm sie erst das eine Band und band seine rechte Hand am Bettpfosten fest, dann die andere.

Kai lächelte und sie gab ihm einen innigen Kuss.

Plötzlich merkte Kai, das sich zwei Lippen um seinen Schwanz schlossen, die Zunge spielte mit seiner Eichel. Dabei spürte er Sarah Hand an seinem Penis.

Die andere Hand knetete seine Eier.

Nur der Mund, der kam ihm irgendwie fremd vor, aber es war geil. So hatte sie ihn noch nie geblasen. Er stöhnt vor Lust und genoß jeden Augenblick dieser oralen Befriedigung.

„Ohhh, ja. Boah, Schatz, was machst du?".

Sarah lächelte leise und sah weiter zu, wie Marcel Kais Schwanz mit Mund und Zunge bearbeitete. Die Lust in Kai stieg ins unermessliche.

Sarah nahm die Hände weg und Marcel übernahm den Handjob beim blasen.

Sarah küsste Kai, der in diesem Moment, trotz aller Geilheit und Lust wußte, wer da bläst. Wenn sie ihn küsst, kann sie das nicht sein.

„Genieße es, mein Schatz.", flüsterte sie ihm ins Ohr. „Ich tue es jedenfalls. Es sieht soooo geil aus." Dabei massierte sie ihre nasse Pflaume mit den Fingern.

Kai grinste sie an: „Du kleines Luder, du Schlampe. Das wirst du bei der nächsten Session bitter bereuen."

„Ja, Herr.", grinste sie. „Erstens freue ich mich auf die Bestrafung und zweitens ist mir dieser Anblick es wert."

Wieder gab sie ihm einen Kuss. Er genoss es wirklich. Nie hätte er gedacht, das ein Mann so gut blasen kann.

Sarah legte sich nun so, das sie Marcels Schwanz wichsen konnte, dabei bearbeitete sie weiter seinen Anus. Sie beugte sich vor, um aus dem Körbchen mit Kondomen eines herauszunehmen und zudem noch etwas Gleitmittel.

Sie rieb Marcel den After damit ein, der ebenfalls dabei leicht aufstöhnte, aber weiter bläst.

Dann hörte er auf und Sarah zog Kai ein Kondom über. Er sagte nichts, atmete nur schwer und lächelte. Das das Kondom nicht für Sarahs Muschi bestimmt war, wußte er sofort.

Marcel drehte sich mit dem Rücken zu Kais Gesicht und ließ sich nieder. Er stützte sichlichmit der linken Hand neben Kais Brust ab und mit der Rechten führte er dessen harten Riemen zu seinem Poloch. Langsam drückte er sich nach unten um Kais Schwanz in sich aufzunehmen.

Kai stöhnte laut auf.

„Gott, ist das eng und geil.", fuhr es aus ihm heraus.

Als Marcel Kais Schwanz ganz tief in sich spürte, stöhnte auch er auf und begann sich auf und ab zu bewegen.

Sarah erhob sich, kletterte über Marcel, bis sein Mund unter ihrer Muschi war.

Sie zog sich die Schamlippen auseinander und ließ sich tiefer auf seinen Mund runter, so das er beim ficken ihre Muschi gut lecken konnte.

Und wie er das konnte.

„Wooow.", entfuhr es Sarah. „Das machst du aber auch nicht zum ersten Mal."

Der Saft schoss ihr, breitbeinig über Marcels Gesicht stehend und Kais Gesicht vor Geilheit verzerrt, aus der Muschi. Dieser Anblick von Kai machte sie noch mehr an.

Sie presste nun Marcels Mund gegen ihre Möse und er leckte wie wild die weit geöffnete Fotze. Der Saft lief ohne unterlass aud ihr heraus. Sie stöhnte laut,

Marcel wimmerte mehr, Kai atmete schwer vor Lust.

Dann kam Sarah. Sie konnte es nicht mehr halten.

Wild spritzte sie ihren Saft heraus, über Marcels Gesicht, über den darunter liegenden Kai.

Marcel hörte auf zu ficken, da er merkte, das die Situation für Kai zu heiß wurde und er kurz vom Abspritzen stand.

Sarah stieg zur Seite ab und Marcel von Kai runter.

Er entledigte ihn des Kondoms und sein Mund fing wieder an, an Kais Schwanz zu saugen und zu wichsen. Dann explodiert Kai unter einem lauten Aufschrei und lautem Stöhnen in Marcels Mund.

Er wollte es schon schlucken, merkte dann aber, das Sarah ihren Anteil der Beute einforderte und ihn intensiv küsste. Dabei spielten die beiden mit Kais Sperma in ihren Mündern.

„Ey. Könnt ihr mich jetzt mal losbinden. Ich will sehen, was ihr zwei da treibt.", entfuhr es Kai.

„Aber sicher, mein Schatz.", entgegnete Sarah und nahm die Fesseln und die Augenbinde ab.

„Ihr Schweine.", lachte er laut.

Er küsste Sarah, die sich zu Marcel dreht.

„Und jetzt fickst du mich mal richtig schön durch."

Das ließ sich Marcel nicht zwei mal sagen.

Sarah fing an, Kai zu blasen und die letzten Tropfen aus ihm herauszuholen.

Marcel kniete sich hinter sie und rammte mit einem Stoß unter lautem Aufstöhnen Sarahs seinen harten Riemen in ihre triefend nasse Muschi.

Es dauert nicht lang, das Sarah wieder kam, aber Marcel fickte sie mit kräftigen Stößen immer weiter. Ein Orgasmus nach dem anderen durchzog ihren Körper.

Ein Schwall nicht Enden wollender Lust durchbebte sie.

Dann wurde Marcel Atem schwerer und unter einem Schrei der Lust ergoß er sich in sie.

Für sie fühlte sich der Erguss von Marcel wie eine nicht aufhörende Flutwelle an.

Sie genoß jede seiner Zuckungen.

Dann ließ er erschöpft von ihr ab.

Sarah legte sich neben den ebenfalls erschöpften Kai und Marcel dann neben Sarah.

Als alle wieder etwas klarer im Kopf waren, sagte Kai:

„Da habt ihr mich aber ganz schön hinters Licht geführt. Wann habt ihr das ausgeheckt?"

„Heute morgen am Pool, mein Schatz. Als du schwimmen warst, hat mir Marcel von seiner Bi-Neigung erzählt und ich habe ihn darum gebeten, das wir da mal zu dritt machen."

„Wenn du möchtest, darfst du dich gerne mal bei mir revanchieren.", lächelte Marcel Kai an.

„Ich soll dir einen blasen und mich ficken lassen?", meinte Kai. „Niemals."

„Schatzilein, sag niemals nie. Das weißt du doch.", warf Sarah ein und küßte ihn.

Die drei lachten.

Dann drehte sich Kai zu Sarah, küsste sie und sagte:

„Ich liebe Dich, mein Schatz."

Die zweite Session

Sarah und Kai hatten ihren Türkeiurlaub nach 10 wundervollen und erotischen Tagen in einem Swinger-Hotel beendet und waren wieder im sonnigen Deutschland.

Sie hatten dort viele neue Bekannte kennen gelernt und neue sexuelle Erfahrungen gemacht.

Während für Kai klar war, das Sex mit einem Mann für ihn nichts ist, konnte Sarah von dem Thema „Sex mit Frauen" lange Träumen und wusste, das sie auch gerne weiter hier Erfahrungen machen möchte.

Den Kontakt zu Steffi und Klaus wollten sie auch beibehalten und sich regelmäßig treffen und zusammen was unternehmen.

Nach einigen Tagen saßen die Beiden Abends wieder auf ihrem Balkon, tranken Wein und ließen die Zeit Revue passieren. Ihnen war klar: Sie wollten weiter Neues entdecken.

So kamen sie auch wieder auf ihre gefundene D/S-Leidenschaft zu sprechen.

„Was meinst du, Sarah?", fing Kai an. „Hättest du mal wieder Lust auf das `Sodom-X´?"

Das `Sodom-X´ war der SM-Club, den sie sich für ihre erste Session ausgesucht hatten und der Club und die Leute hatten ihnen gefallen.

„Darüber habe ich gestern nachgedacht, bin aber wegen der Wäsche usw. ganz drüber weggekommen, dich drauf anzusprechen. Ja, gerne.", lächelte Sarah ihn an.

„Samstag?", fragte Kai. „Oder liegt schon was anderes an?"

„Nein. Samstag ist gut.", freute sich Sarah. „Ich melde uns an, ja?"

Kai nickte zustimmend und lächelte als Sarah aufsprang um an den Laptop zu gehen.

Sie suchte unter dem Samstag den Club und sah – Angemeldet.

Sie lachte auf und rief:

„Du Scheusal. Du hast uns schön längst angemeldet!"

„Ich wußte doch, das du ja sagen würdest.", rief er zurück.

Sarah kam wieder auf den Balkon und küsste ihn.

„Ich habe ein bisschen was geplant – für dich!", grinste er fies.

„Was denn?", wollte Sarah wissen.

„Verrate ich nicht. Du brauchst aber keine Angst zu haben. Ich bleibe immer an deiner Seite, mein Schatz."

„Ich habe keine Angst, wenn du bei mir bist, Liebling. Ich vertraue Dir Blind", lächelte sie.

„Dann ist ja gut. Blindes Vertrauen finde ich Klasse.", sagte Kai und lachte.

Die restlichen Tage vergingen wie im Flug und Sarah und Kai hatten noch eine Woche gemeinsamen Urlaub vor sich. Eine Zeit auf die sie sich freuten.

Der Samstag war gekommen und er sollte die letzte gemeinsame Woche einläuten.

Sarah zog wieder ihr Latexkleid an, war Slipless und Kai hatte wieder seine schwarze Stoffhose an. dazu trug er dieses Mal ein weißes Hemd mit weiten Ärmeln an und ließ die ersten drei

Knöpfe wieder auf. Sarah schlüpfte in ihre Oberknees und Kai in seine schwarzen Lackschuhe.

„Siehst verdammt geil aus.", grinste Kai und packte Sarah zwischen die Beine.

„Schön blank rasiert die Muschi, Schlampe!"

„Ja, Herr. Nur für dich.", sagte Sarah demütig.

„Dann lass uns fahren,", meinte er und die Beiden gingen zum Auto.

Nach etwa einer Stunde waren sie am `Sodom-X´.

Sie waren recht Pünktlich gegen 20 Uhr da.

Der Parkplatz war schon sehr gut gefüllt und es würden bestimmt noch mehr Gäste kommen.

Sie klingelten und Moni, die Clubbesitzerin, öffnete ihnen die Tür.

„Hallo ihr zwei.", sagte sie freundlich. „Ich glaube, ihr ward schon mal bei uns!?", kam es mehr überzeugend als fragend.

„Ja.", sagte Kai. „Ist noch gar nicht sooo lange her."

„Schön, das ihr wieder hier seid. Dann kennt ihr ja alles.", antwortete Moni und wies sie mit der Hand herein zu kommen.

Sie führte die Beiden zum Empfang, gab ihnen nach Entrichtung des Eintritts den Spind-Schlüssel und wünschte ihnen einen schönen Abend.

Da sie ja schon fertig umgezogen waren, brauchten sie nur noch ihre Tasche in den Spind schließen und konnten direkt nach oben an die Bar gehen.

Auf der Treppe trafen sie auf Dom_Manuel, der sie das erste Mal durch den Club geführt hatte. Er lächelte, als es Sarah und Kai sah.

„Hallo ihr Beiden. Schön euch wieder zu sehen.", rief er ihnen entgegen.

„Wir freuen uns auch.", sagte Sarah und lächelte ihn an. „Die Neulinge sind wieder da."

„Ach was, Neulinge.", meinte Dom_Manuel, der eigentlich Holger hieß und Stammgast im `Sodom-X´ zu sein schien. „Heute ist ein Pärchen hier, die sind neu. Ihr seid doch schon alte Hasen.", zwinkerte er ihnen zu und lachte.

Kai und Sarah mussten ebenfalls lachen.

„Wir sehen uns.", sagte Holger und ging weiter
die Treppe runter.

Sarah und Kai gingen an die Bar, bestellten sich
einen alkoholfreien Cocktail und suchten sich
einen Sitzplatz in der Nähe.

Sie beobachteten die andern Gäste.

Einige Damen saßen unterwürfig vor vor ihrem
Herrn auf dem Boden, oder auch umgekehrt, andere auf dem Schoß ihres Partners.

Aus den anderen Räumen waren wieder diese
Schreie, das Stöhnen oder das knallen von Peitschen, Paddeln oder anderen Instrumenten zu
hören.

„Lass uns was essen gehen.", sagte Kai und Sarah
nickte zustimmend.

Sie gingen ins Restaurant und bedienten sich an dem reichhaltigen Buffet.

„Ich bin noch mal eben zum Spind.", sagte Kai und ging fort.

Als er nach wenigen Augenblicken wieder kam, stellte er sich vor Sarah auf.

„Steh auf, Schlampe.", sagte er ihr in Befehlston.

Sarah gehorchte sofort und stand auf. Jetzt fing das Spiel der Beiden richtig an.

„Knie nieder, Schlampe.", befahl Kai.

„Ja, mein Herr,", erwiderte Sarah und tat, wie ihr befohlen wurde.

Kai holte aus seiner Tasche ein Lederhalsband hervor, das vorne mit einem Ring versehen war.

Er legte es Sarah um. Damit war sie nun an ihn vergeben. Dann kam eine Kette zum Vorschein. An einem Ende ein Karabinerhaken, an der anderen eine Lederhandschlaufe.

Eine Leine, um sie zu führen. Als nächstes holte er Handfesseln hervor.

„Nimm die Hände auf den Rücken.", wies Kai sie an.

Erlegt ihr die Fesseln an und befahl ihr auf zu stehen.

Er nahm die Leine und sagte:

„Folge mir."

Ohne Widerworte folgte sie ihm.

Kai führte sie vom Restaurant die Treppe hinauf, an der Bar vorbei zu den Spielzimmern.

Dort nahm er ihr die Leine und die Fesseln ab.

„Zieh dich aus.", sagte er zu ihr.

In nur wenigen Augenblicken war sie Nackt und ihr geiler Körper kam zum Vorschein.

Nicht lange und die ersten Zuschauer kamen hinzu.

Er stellt Sarah unter einen Holzbalken, in dem große, runden Ösen aus Stahl eingedreht waren.

Er nahm die Handfesseln und befestige kurze Ketten mit je einem Karabiner auf jeder Seite daran. Er nahm Sarahs linke Hand und legte die Fessel wieder an, hob ihren Arm um den Karabiner in der ersten Öse zu befestigen, dann kam die Rechte und das Spiel wiederholte sich. Sarah stand nun Nackt und wehrlos mit gespreizten Armen unter dem Holzbalken. Dann nahm er eine Augenbinde heraus und legte sie ihr an.

Sarah sagte die ganze Zeit kein Wort und war einfach seinen Gesten und Bewegungen gefolgt.

Er streichelte sie kurz über die Wange, um dann mit seinen Händen über ihren Körper zu fahren.

„Ich gehe mir jetzt was trinken und überlasse dich hier deinem Schicksal. Wenn jemand Spaß an einem Dreckstück wie dir findet darf er sich bedienen. Du wirst dem, der dich will, gehorchen und seine Wünsche erfüllen. Ich will keine Klagen hören."

Dann ging er ein Stück zurück. Er verließ den Raum nicht, setzte sich aber in einen Sessel, der etwa zwei Meter entfernt stand. Er sprach kein Wort und beobachtete sie, wie sie so ausgeliefert für jeden zur Verfügung da stand.

Dann kam Holger, Dom_Manuel mit einer anderen Frau auf sie zu, auf sie zu.

„Herr? Bist du da?", fragte sie unsicher. Keine Antwort.

Kai bemerkte, wie sie unsicher hin und her zappelte.

Dann fasste die andere Frau Sarah sanft an die Brüste. Sarah zuckte zusammen.

„Wer bist du?", fragte Sarah leise.

Von der Frau kam nur ein „Pssst".

Sie streichelt Sarahs Haar, ihr Gesicht, die Schultern. Dann küsste sie sie ganz sanft auf die Lippen. Ihre Hände wanderten unterdessen weiter über ihren Bauch, zum Rücken und über den Po. Dann wieder nach vorne, wo die rechte Hand der Unbekannten sich auf ihren Venushügel legte und anfing, ihre Muschi zu massieren.

Plötzlich gab es einen Knall auf ihrem Hintern und sie merkte den Schlag einer Männerhand.

Es durchzog sie ein Schmerz und sie schrie auf. Gott, wie das brannte.

Dann ein Schlag mit der Hand auf die andere Pobacke. Wieder Schmerz, der sich jedoch in Lust auftat. `Wer ist das´, fragte sich Sarah, als die bei den Männerhände über ihren Po streichelten und ihr das brennen auf den Backen nahmen.

Holger gab seiner Sklavin zu verstehen, das sie sich vor Sarah hinknien solle, was diese ohne zögern tat. Sie fing sogleich an mit ihrer Zunge Sarahs Muschi intensiv zu bearbeiten ohne sie dabei mit den Händen zu berühren.

Sarah stöhnte auf. In diesem Moment wieder ein fester Schlag auf ihren Po.

Sie zuckte zusammen, aber es war jetzt schon mehr Lust und Geilheit als Schmerz, was die Unbekannte vor ihr, die sie gerade leckte auch durch einen Feuchtigkeitsschub zu schmecken bekam. Sie leckte aber ohne Unterlass weiter.

Dann wieder ein Schlag. Der Knall war laut und es tat weh, aber Sarah stöhnte auf vor

Verlangen nach mehr. Die Hände des Unbekannten Mannes griffen nach vorne und kneteten ihre Brüste und quetschen ihre harten Nippel.

„Ahhhh...", entfuhr es Sarah. Eine Mischung aus Schmerz und Lust durchfuhr sie.

Dann spürte sie sehr intensiv, wie eine Hand mit den Fingernägeln über ihr Rückgrat fuhr.

Sie zuckte zusammen und wäre vorne nicht der Kopf der unbekannten Leckerin gewesen, wäre sie bestimmt weiter nach vorne weggeknickt.

Sarah wurde immer feuchter. Als nächste spürte sie etwas aus Metall, kleine Zacken fuhren ihren Rücken hinunter und hinauf. Ein picksender Schmerz, schön und lustvoll.

Sie stöhnte leise vor sich hin und genoß diesen sanften Schmerz, der sich in ihr Fleisch bohrenden Spitzen.

Die Spitzen wanderten um ihre Taille herum zu ihrem Bauch, dann hoch zu ihren Warzen.

Hier war der Schmerz noch intensiver. Sie jaulte leicht auf und biss sich auf die Unterlippe.

Kai saß in seinem Sessel und genoß das Schauspiel. Sarah war so schön und zart, aber auch hart im nehmen.

Er war Stolz auf diese wunderbare Frau.

Holger ging um Sarah herum, die schon total Nass war, und gab seiner Sklavin zu verstehen, beiseite zu kriechen.

Ein fester Schlag auf ihre Muschi, ein lustvoller Aufschrei, noch ein Schlag und noch einer.

Sarah glaubte auszulaufen.

Dann bohrten sich zwei Finger in ihre nasse Muschi und fingen an sie zu ficken.

Erst recht sanft, dann aber plötzlich hart, fest und tief.

Sarah zerfloss förmlich unter diesen Bewegungen und schrie fast vor Geilheit.

Die junge, unbekannte Frau war inzwischen hinter Sarah getreten und suchte ihren After.

Sie massierte ihn sanft mit dem Mittelfinger. Sarah spürte das Gleitgel an dem Finger und bereitete sich im Geiste schon auf den Analfick vor.

Ganz leicht, aber auch tief, drang dann der erste Finger in ihren Darm ein.

Er spielte etwas in ihr herum, um dann herauszugleiten, aber sofort mit einem zweiten Finger wieder in sie einzudringen. Vorne leistete Holger ganze Arbeit, seine Sklavin hinten.

Sarah schrie auf:

„Jaaaaaaaaa, jaaaaaaaa…."

Eine unendlich scheinende Orgasmus-Welle, vorne, hinten, überall, durchzog ihren Körper, ihre Beine wurden schwach und nur die Handfesseln hielten sie noch aufrecht. Sie spritzte wie wild ab und Holger musste ein Stück beiseite treten, um nicht nass zu werden.

Dann zogen beide ihre Finger heraus, küßten sie jeweils sanft und gingen beiseite.

Wieder stand sie alleine da. Wie viel Zeit mochte vergangen sein, seit Kai gegangen war?

Wie lange hatten die unbekannte Frau und der unbekannte Mann sie „bearbeitet"?

War Kai in der Nähe? Hatte er alles gesehen? Wer war noch da?

Sie hörte Schritte, die sich näherten.

Eine Hand berührte sie sanft – Kai!

„Na, mein Schatz. Warst du brav?", fragte er grinsend.

„Ja, mein Herr.", antwortete Sarah leise.

„War jemand hier und wollte was von dir Schlampe?"

„Ja, Herr. Ein Mann und eine Frau."

„Konntest du sie befriedigen?"

„Nein, Herr. Sie haben mich befriedigt."

„Oh, dann musst du noch etwas stehen bleiben, bis jemand sich an dir befriedigen konnte."

„Herr?"

Sarah hörte, wie Kai sich wieder entfernete.

Nach einigen Augenblicken hörte sie wieder Schritte.

Jemand stand atmend vor ihr. Es war ein Mann. Sie roch sein After shave.

Seine Hände packten ihre Brüste hart und fest. Sie verspürte schmerzen dabei.

Seine Hand griff nach ihre Muschi und packte fest zu. Sie war noch Nass von gerade und diese Ungewissheit ließ sie sofort wieder anfangen auszulaufen.

Sie hörte, wie der Unbekannte seine Hose öffnete, ihr Becken packte und zu sich heranzog.

Plötzlich drang sein Schwanz in sie ein, hart fest und ohne Rücksicht auf sie.

Ein paar harte Stöße, die sie nicht als schön, aber auch nicht als unangenehm empfand.

Er zog seinen Schwanz wieder aus ihrer Fotze, ging um sie herum, zog das Becken nun zu sich um dann erneut hart von hinten in sie einzudringen. Diese mal war der harte Fick angenehmer für sie und Lust tat sich in ihr auf.

Er stieß mehrere Male fest zu und stöhnte dabei auf. Auch sie stöhnte leise, merkte aber, das ihn ihre Lust hier gar nicht interessierte, sondern nur seine eigene Geilheit.

Sie bekam ein paar kräftige Schläge auf ihren Hintern, während er sie so fickte.

Dann zog er seinen Schwanz aus ihrer Muschi und setzte ihn am Po an.

Mit einem kräftigen Stoß durchdrang er ihre Rosette und fing an, sie wie wild zu ficken.

„Ahhhhh…", schrie Sarah vor Schmerz auf.

Den Mann interessierte ihr Leiden nicht und fickte sie weiter wie ein Wilder.

Dabei griff er an ihre Muschi und zwirbelte mit Daumen und Zeigefinger ihren Kitzler.

Mit der anderen Hand hielt er ihr Becken und zog sie so immer wieder zu sich heran.

Dann hörte sie einen kurzen heftigen Aufschrei: „Jaaa…" und merkte wie er in ihr kam.

Sein Sperma ergoss sich in ihrem Darm und die Stöße ebbten ab.

Der Mann zog seinen Schwanz aus ihr, gab ihr einen festen Klaps auf den Po und ging.

Dann wieder Schritte. Wieder streichelten Hände ihre Brust. `Eine Frau´, dachte sie.

Diese schob ihr ohne weitere Vorwarnung zwei Finger in die Muschi und fickte sie damit.

Die Frau machte ihre Fesseln vom Balken los, aber nur um ihr diese vor dem Bauch wieder zusammen zu binden.

Die Frau nahm sie bei der Handfessel und führte sie zwei, drei Schritte und setze sich.

„Leck mich bis ich komme!", befahl die Frau.

Die Stimme kam ihr bekannt vor, konnte sie aber nicht zuordnen.

Sarah wurde von der Frau zu Boden gezogen und kniete nun zwischen ihren Schenkeln.

Die Frau spreizte ihre Beine weit und Sarah konnte sich dort nicht halten, also griffen ihre zusammengebundenen Hände an ihre Schamlippen und sie fing an, sie zu lecken.

Zärtlich und langsam umspielte ihre Zunge die Lippen und den Kitzler der Frau, um dafür sofort angeblafft zu werden.

„Härter und fester, du Hure.", fuhr die Frau sie an.

Sei tat, wie ihr befohlen und ihre Zungenschläge wurden schneller und härter.

Sie hörte weitere Schritte hinter sich und bemerkte, wie jemand sich neben sie stellte.

Er berührte sie jedoch nicht. Sie vernahm jedoch kurz darauf ein „schmatzen", was sie darauf schließen ließ, das die Frau nun einen Schwanz blies.

Weitere Schritte auf der anderen Seite. Hier schien sich das ganze zu wiederholen.

„Schneller, leck mich schneller!", hörte sie die Frau sagen.

Gott, wie gerne hätte sie sich die Augenbinde abgenommen, um zu sehen, wer sie ist und welchen Männern die Frau einen Blowjob gab.

Sie leckte schneller und so hart sie konnte und merkte schon bald, das die unbekannte Frau immer feuchter wurde. Nach einiger Zeit wurde sie Nass und fing an aufzustöhnen.

Dann hörte sie den ersten Mann rechts neben sich, der unter einem lauten Aufstöhnen zu kommen schien. Plötzlich bemerkte sie, wie sich etwas auf ihrem Rücken und dem Po verteilte. Der Typ hat mich angespritzt, schoss es ihr durch den Kopf.

Kurz darauf stöhnte Mann zu ihrer Linken auf, ging einen Schritt zurück und Sarah spürte, wie sein Sperma auf ihrem Arsch aufprallte und langsam über den Po zu ihrer Muschi runterlief.

Jetzt hörte sie die Frau vor sich laut Atmen und juchzen.

`Ja.´, dachte Sarah.`Sie ist wohl soweit.´

Und schon quoll eine Ladung Liebessaft in ihr Gesicht und die Unbekannte schrie ihre Geilheit laut heraus.

Dann schob sie Sarah Kopf zurück, beugte sich vor, gab ihr einen Zungenkuss und sagte:

„Das hast du gut gemacht, du Hure."

Die Frau stand auf und ging.

Sarah kniete nun allein auf dem Boden, die Hände vor sich in den Schoß gelegt und wartete, was noch passieren würde.

Dann wieder Schritte. Müßte sie noch jemanden befriedigen?

Eine Hand streichelte sie durchs Haar. Kai!

„Warst du brav, Schlampe?", fragte er.

„Ja, mein Herr. Ich habe eine Frau befriedigt und zwei Männer haben ihr Sperma auf mir verteilen können. Ich glaube, es hat sie erfreut.", sagte Sarah voller Demut.

Sie spürte, wie Kai ihr den Rücken und den Po mit einem Handtuch abwischte.

„Steh auf.", befahl Kai.

Sarah erhob sich und Kai gab ihr einen langen und intensiven Kuss.

Dann drehte er sie um und nahm ihr, hinter ihr stehend, die Augenbinde ab.

Als sie endlich wieder was sehen konnte, traute sie ihren Augen kaum.

Da lachte sie Steffi und Klaus an ebenso Holger mit seiner Skalvin.

Sarah lächelte vor Glück und lief auf Steffi zu und nahm sie in den Arm.

Die Beiden drückten sich fest. Dann ging sie zu Klaus und drückte auch ihn. Ebenso Holger und seine Sklavin.

Sonst war weit und breit niemand zu sehen.

„Ich bin Tatjana.", sagte sie. „Es hat Spaß gemacht, mit dir zu spielen, Sarah."

Dann wand sich Sarah wieder Steffi zu.

„Wann seit ihr hergekommen?", wollte sie wissen.

„Etwa ne Stunde nach Euch.", sagte Steffi. „Wir mussten ja warten, damit du uns nicht siehst.

Als ihr mit dem Essen fertig ward, hat Kai uns Info gegeben. Wir sind dann erst mal was Essen gegangen und ihr nach oben. Aber, Schätzchen, das du meine Stimme nicht erkannt hast, macht mich Glücklich. Ich habe mir echt Mühe gegeben, wie ne heisere Domina zu klingen.

„Die anderen hätten sich fast totgelacht.", grinste Steffi.

„OK, Leute. Wer war wer und wann?", wollte Sarah wissen.

„Ist das nicht egal, mein Schatz?", fragte Kai.

„Eigentlich ja.", antwortete sie. „Aber ich möchte es gerne wissen, um es in meinem Kopf verarbeiten zu können."

„Ok.", sagte Kai. „Er erste Mann und die Frau waren Holger und Tatjana. Ihn hatte ich im Vorfeld schon angeschrieben und er hat mir dann von Tati erzählt. Der Mann, der dich dann gefickt hat, war Klaus. Wen du geleckt hast weißt du ja, und die beiden Männer waren Holger und ich.", lachte Kai.

„Sorry, Kleines.", sagte Holger. „Aber deine Freundin hat so geil geblasen, das ich den Weg um dich herum nicht mehr geschafft habe. Daher die „Rückencreme".", lachte Holger.

Sarah lachte auf.

„Und euch hat Kai vermutlich auch kontaktiert?", sagte sie zu Klaus.

„Ja sicher. Wir wollten sowieso zu euch kommen. Da hat er diesen geilen Plan für dich gehabt. Er war doch hoffentlich geil, oder?", fragte Klaus nach.

„Und ob.", sagte sie lächend. „Es war total super. Vielen Dank euch allen."

Dann drehte sie sich zu Kai: „Und dir danke ich besonders für diese Erfahrung, mein Schatz!"

Sie nahm seinen Kopf in ihre Hände und küsste ihn Leidenschaftlich.

Zusammen gingen alle an die Bar, um gemeinsam was zu trinken. Der Abend was für die Sechs aber noch nicht vorbei. Zusammen hatten sie an dem Abend noch viel geilen Sex zusammen, bis es Zeit für die Heimreise wurde.

Sicher war nur: Man würde sich wieder sehen.